U0748955

本书属于国家社科基金重大项目
——"梵文研究及人才队伍建设"

梵语文学译丛

惊梦记
स्वप्नवासवदत्त

[印度] 跋娑 著

笑剧两种
प्रहसन

[印度] 维格罗摩沃尔曼 著

黄宝生 译

中西书局

"梵语文学译丛"总序

在古代文明世界中,印度和中国一样,是当之无愧的文学大国。它产生了印欧语系最古老的诗歌总集,宏伟的两大史诗,丰富的神话传说和寓言故事,精美的抒情诗、叙事诗、戏剧和小说,以及独树一帜的文学理论体系。而且,印度古代文学产生过世界性影响,此影响依托的重要媒介是宗教。对中国和东北亚各国的影响媒介主要是佛教,对南亚和东南亚各国的影响媒介是佛教和婆罗门教兼而有之。而印度古代文学中的寓言故事以及古典梵语文学,对古代和近代世界的影响尤为普遍,范围远远超出亚洲。因此,在世界文学发展史上,印度古代文学无疑占有重要的一席。

印度古代文学可分为五个时期:吠陀文学时期、史诗时期、古典梵语文学时期、各种地方语言文学兴起时

期和虔诚文学时期,时间跨度为公元前 15 世纪至公元
19 世纪。梵语是印欧语系中古老的一支,也是古代印
度 12 世纪以前的主流语言。从广义上说,梵语包括吠
陀梵语、史诗梵语和古典梵语。我们通常所说的梵语主
要是指史诗梵语和古典梵语。吠陀梵语可称为古梵语,
或径称为吠陀语。史诗梵语相对于古典梵语而言,是通
俗梵语。与梵语和梵语文学同时存在的还有印度各地
的方言俗语及其文学。梵语和梵语文学自 12 世纪开始
消亡,由印度各种地方语言及其文学取而代之。

印度古代宗教发达,主要有婆罗门教、佛教和耆那
教三大宗教。婆罗门教始终在印度古代文化中占据主
流地位。同样,在 12 世纪之前的印度古代文学中,婆罗
门教文化系统的梵语文学也占据主流地位。佛教和耆
那教早期使用方言俗语,后期也使用梵语,故而,梵语文
学也包括佛教和耆那教的梵语文学。

中国和印度有两千多年的文化交流史。佛教自西汉
末年传入中国,东汉开始大量佛经得到翻译,历久不衰,
至唐代达到鼎盛。佛经的输入,在语言、音韵、文体、题
材、艺术表现手法等诸方面对中国古代文学的发展产生
过深远影响。然而,佛教文化只是印度古代文化的一个
组成部分。同样,佛教文学也只是印度古代文学的一个

组成部分。而我国古代高僧只注意翻译佛教经籍和文学，所以从汉语《大藏经》中无法了解印度古代文学全貌。

20世纪上半叶，以获得诺贝尔文学奖的印度诗人泰戈尔访华为机缘，中印文化交流出现新的高潮。中国文学界在翻译介绍以泰戈尔为代表的印度现代文学的同时，也注意到印度古代文学，尤其是迦梨陀娑的作品，出现多种从英语或法语转译的《沙恭达罗》汉译本。此外，商务印书馆曾出版许地山的《印度文学》（"百科小丛书"之一，1931），中华书局曾出版英国麦克唐纳的《印度文化史》（龙章译，1948）。这两本书都有利于国内读者了解印度古代文学的概貌。

20世纪下半叶，我国对印度梵语文学的翻译介绍取得了长足进步。1956年，迦梨陀娑被世界和平理事会列为该年纪念的世界文化名人之一。同年，我国首次出版了从梵语原著翻译的迦梨陀娑的戏剧《沙恭达罗》（季羡林译）和抒情长诗《云使》（金克木译）。此后，直接从原文翻译的梵语文学作品在国内陆续问世，如戒日王的戏剧《龙喜记》（吴晓铃译，1956）、首陀罗迦的戏剧《小泥车》（吴晓铃译，1957）、寓言故事集《五卷书》（季羡林译，1959）、迦梨陀娑的戏剧《优哩婆湿》（季羡林译，1962）、抒情诗集《伐致呵利三百咏》（金克木译，1982）和

《印度古诗选》(金克木译,1984)。1964 年,金克木撰写的《梵语文学史》出版,对印度古代梵语文学做了比较全面的介绍和论述。此外,1960 年,季羡林和金克木两位先生在北京大学东方语言文学系开设了现代中国的第一届梵文巴利文班,培养了国内第一批梵文和巴利文人才。

1985 年,季羡林翻译的史诗《罗摩衍那》汉语全译本出版,2005 年,我主持集体翻译的史诗《摩诃婆罗多》汉语全译本出版。这样,印度两大史诗的翻译在我们师生两代手中得以完成。然而,印度古典梵语文学宝库中的许多文学珍品还有待我们翻译介绍。鉴于这种考虑,我们决定与上海中西书局合作,编辑出版"梵语文学译丛",希望在中国文学翻译界营造的世界文学大花园中增加一座梵语文学园。

我们的目标是用十年时间,将印度文学史上具有重要地位的梵语文学名著尽可能多地翻译出来,以满足国内读者阅读和研究梵语文学的需要。尽管至今国内从事梵语文学翻译和研究的学者依然为数有限,但我们愿意尽绵薄之力,努力争取达到这个目标。

黄宝生

CONTENTS | 目录

笑 剧 两 种

惊梦记

JINGMENGJI

前　言

　　1910 年,印度学者在南印度波德摩纳帕城附近的一座寺庙里发现了十三部未署名的梵语戏剧抄本,经过考证,确认它们是失传已久的古典梵语戏剧家跋娑(Bhāsa)的作品,统称为"跋娑十三剧"。这一发现在印度国内外梵语学者中引起轰动,被誉为梵语文学史上的"划时代发现"。

　　将这十三部梵语剧本归诸跋娑的主要论据可以归纳如下：许多古典梵语作家都曾提到古代戏剧大师跋娑及其代表作《惊梦记》。例如,迦梨陀娑的《摩罗维迦和火友王》序幕中,戏班主人的助手说道："观众怎么会放弃负有盛名的跋娑、迦维补多罗和绍密罗迦等人的作品,而欣赏活着的诗人迦梨陀娑的作品?"波那在《戒日王传》中的序诗中写道：

跋娑以戏剧作品著称，

以戏班主人指示开场，

角色众多，插曲丰富

犹如旗幡飘扬的神庙。

迦尔诃纳编选的一部诗集中收有王顶的一首诗：

鉴赏家检验跋娑戏剧，

将它们全部扔进火里；

尽管火焰熊熊燃烧，

却没有烧毁《惊梦记》。

还有，罗摩月和德月合著的戏剧学著作《舞镜》中也提到"跋娑著《惊梦记》"。而这十三部剧本中恰好有一部《惊梦记》；同时，这批剧本在结构、语言和风格上有共同性，表明出自同一作者。关于跋娑生活的年代，一般认为处在马鸣和迦梨陀娑之间，约为公元 2—3 世纪。

跋娑十三剧按题材可以分成五组：一、取材于史诗《摩诃婆罗多》的六部——《仲儿》《五夜》《黑天出使》《使者瓶首》《迦尔纳出任》和《断股》；二、取材于史诗《罗摩衍那》的两部——《雕像》和《灌顶》；三、取材于黑天传说的的一部——《神童传》;四、取材于优填王传说的两部——《负轭氏的誓言》和《惊梦记》;五、取材于其他传说的两部——《善施》和《宰羊》。

跋娑十三剧代表古典梵语戏剧的早期成就。它们的艺术特点主要表现在以下几个方面:一、戏剧性强。跋娑戏剧大多取材于两大史诗和现成的传说,但作者不拘泥于旧说,经常以具创造性的艺术加工制造戏剧性场面。二、古典梵语戏剧在形式上都是诗剧,而跋娑从不脱离剧情需要,盲目炫耀诗才,所以,跋娑戏剧结构严谨,情节紧凑,富有戏剧冲突和动作,特别适宜舞台演出。三、人物性格鲜明。跋娑十三剧中总共有两百多个角色,其中大多具有鲜明的个性,跋娑还善于准确把握和表达各种人物的微妙心理。四、场景描写生动,而且善于用自然景色衬托角色的心情,达到情景交融。五、语言朴素自然。跋娑戏剧中的散文对白比较简洁,不刻意追求文采,而注重感情色彩和戏剧效果。诗歌大多使用比较简单的诗律,但朴实无华的诗句中常常饱含感情,而不流于平淡。而且,跋娑喜欢使用格言和警句,这也是语言简练的又一原因。

《惊梦记》(Svapnavāsavadatta,直译为《梦见仙赐》)是公认的跋娑代表作。它与《负轭氏的誓言》

（*Pratijñāyaugandharāyaṇa*）都取材于优填王传说，两部戏剧在情节上也有关联。《负轭氏的誓言》的剧情发生在《惊梦记》的剧情之前，因此，这里先简要介绍《负轭氏的誓言》的剧情：阿般提国大军王在边境放置一头人造的蓝色大象，引诱犊子国优填王前去捕捉。优填王中计，被大军王的伏兵俘获。优填王的宰相负轭氏发誓："如果我不能救出国王，我就不再叫负轭氏！"他带领官兵，乔装进入阿般提国首都优禅尼，施计营救优填王。而优填王被俘后，爱上大军王的女儿仙赐，不赞成负轭氏的营救计划。于是，负轭氏再次发誓，要同时救出优填王和仙赐。在他的精心策划和勇敢掩护下，优填王和仙赐出逃成功。负轭氏本人虽然被俘，但他无所畏惧，为实现了自己的誓言而自豪。最后，大军王宣布同意优填王和仙赐的婚事。

《惊梦记》的主题是犊子国遭到阿鲁尼王入侵后，负轭氏施展计谋，促成优填王与强大的摩揭陀国联姻结盟，击败阿鲁尼王，收复国土。全剧共分六幕。

第一幕：负轭氏为实现自己的计划，故意制造了一场火灾，并放出谣言——仙赐王后已被烧死，负轭氏为了救王后也被烧死。随后，他乔装成婆罗门苦行者，带着仙赐前往摩揭陀国，住在一座净修林里。负轭氏安慰

仙赐王后说：在尘世中，人们总是有所享受，有所舍弃，
不必为此忧虑：

> 就像你以前那样，事事遂心如意，
> 随着丈夫获胜，你仍会获得称颂；
> 世上的种种幸运，随着时间流转，
> 犹如车轮的辐条，依次向前滚动。（1.2）

负轭氏在净修林里遇见摩揭陀国莲花公主，便假称
仙赐是自己的妹妹，其丈夫外出，希望莲花公主能照看
她一段时间。莲花公主爽快地收留了仙赐。

第二幕：仙赐在花园里陪莲花公主玩球，莲花公主
的奶娘前来报喜，说优填王已同意娶莲花公主。仙赐抑
制不住内心的隐痛。后来从奶娘口中得知，优填王是为
了别的事情来到这里，婚事是由摩揭陀国王提出的，她
才宽慰了些。

第三幕：优填王和莲花公主举行婚礼，仙赐独自
来到花园，排遣心中的苦闷。宫娥奉王后之命前来吩
咐仙赐为莲花公主编制结婚花环。仙赐感到命运待她
实在残酷。她强忍悲痛编好花环，然后忧伤地回屋睡
觉去了。

第四幕：仙赐陪伴新婚的莲花公主游园,从交谈中得知优填王仍然眷念自己。这时,优填王和他的弄臣(丑角)也来到了花园。仙赐和莲花公主在凉亭里偷听优填王和弄臣的谈话。弄臣问优填王究竟更爱哪位王后,新的还是旧的。优填王竭力回避这个问题,但经不住弄臣追问,最后坦率承认他的心依然系在仙赐身上:

> 尽管我十分钦佩莲花公主,
> 钦佩她的容貌、品德和甜蜜,
> 但她还是不能夺走我的心,
> 我的心依然系在仙赐身上。(4.4)

凉亭里,仙赐暗自窃喜,感到自己的痛苦有所回报。宫娥对莲花公主说道:"公主! 王上无情无义。"莲花公主劝阻宫娥道:"不要这样说。夫君至今还记着王后仙赐的品德,这才是有情义哩!"凉亭外,优填王因悼念仙赐而潸然泪下,对弄臣说道:

> 根深蒂固的感情,难以斩断,
> 回忆连绵不断,把痛苦唤醒;
> 人在这世上,从来就是这样,

以泪水还债,理智才能平静。(4.6)

　　弄臣赶忙去取洗脸水。同时,仙赐退走,莲花公主前去见优填王。优填王为了不伤莲花公主的感情,谎称自己被花粉迷了眼睛。

　　第五幕:一天,莲花公主突然头痛,宫娥分别通知优填王和仙赐去看望她。优填王先到,见公主不在,便躺在床上等候,渐渐睡着了。随后仙赐来到,误以为公主躺在床上睡着了,先是坐在床边等候,不一会儿也躺下了。她刚躺下,忽听见优填王叫喊:"啊,仙赐!"仙赐急忙起身,发现躺在床上的不是莲花公主,而是优填王。她担心自己要是被优填王看见,那么"贤士负轭氏的伟大誓愿就要落空了"。但她欣喜地发现,优填王是在说梦话。她停留了一会,回答优填王在梦中的询问,但在她转身离开之际,优填王醒了,并高喊:"仙赐站住,站住!"这时,弄臣来到,优填王告诉他"仙赐还活着"。弄臣说优填王肯定是刚才梦见了她。优填王将信将疑地说道:

　　如果这是在做梦,
　　永不醒来多幸福;

如果仅仅是幻觉，

但愿这幻觉永驻。(5.9)

说话间，内侍前来报告：收复国土的战斗即将开始，于是优填王立刻起身前往战场。

第六幕：在摩揭陀国协助下，优填王击败阿鲁尼王，收复国土。优填王偶然间发现了仙赐昔日心爱的琵琶，不禁触景生情，哀伤不已。他对弄臣说：

它是王后心爱之物，

这把琵琶名为妙音，

唤醒我沉睡的爱情，

可是我已见不到她。(6.3)

这时，仙赐的父母派人前来庆贺优填王收复国土，并送来优填王和仙赐的画像。莲花公主看后，告诉优填王，仙赐还活着。恰巧这时，乔装婆罗门苦行者的负轭氏也赶到了。于是，真相大白，皆大欢喜。

前面介绍的跋娑戏剧的主要艺术特色，可以说在这部戏剧中得到充分体现，因此，历代梵语诗人推崇跋娑戏剧及其代表作《惊梦记》并非偶然。

这部《惊梦记》的汉译曾经发表在《世界经典戏剧全集》(浙江文艺出版社,1999年版)。这次,我依据迦莱(M. R. Kale)编订本(*Svapnavāsavadatta*,Motilal Banarsidass,Delhi,2005)校读了一遍,做了一些文字修订,并增添若干注释。

黄宝生

2020年9月

剧中人物

男角

国王——犊子国优填王

丑角——婆森德迦，优填王的弄臣

负轭氏——犊子国宰相

学生

内侍——莲花公主的内侍

内侍——雷比耶族，大军王的内侍

两个卫兵——莲花公主的卫兵，其中一个名叫商跋舍迦

女角

仙赐——优填王的王后

莲花——摩揭陀国公主，陀尔舍迦王的妹妹

女苦行者

两个侍女——莲花公主的侍女,其中一个名叫贡遮利迦

摩杜迦利迦——莲花公主的女仆

波德弥尼迦——莲花公主的女仆

奶娘(之一)——莲花公主的奶娘

女门卫——维阇耶,犊子国后宫女门卫

奶娘(之二)——婆松达罗,仙赐的奶娘

序　幕

（献颂诗终，戏班主人上场）

戏班主人

大力罗摩的双臂酒后无力，

犹如春色妩媚迷人，新月

升起，充满吉祥天女光艳，

但愿他的双臂永远保护你！①（1）

我报告诸位贤士……哎！怎么回事？我正要报告，
好像有什么声音。好吧，我看看！

---

① 　这首诗的梵语原文暗含剧中四位主要角色的名字——udayana（优
填王）、vāsavadattā（仙赐）、padmāvatī（莲花公主）和 vasantaka（婆森德迦）。

（幕后传来话音）

让开，让开！诸位贤士，让开！
戏班主人　是这样，我知道了。

摩揭陀王的那些臣仆，
忠心侍奉他们的公主，
遇到苦行林里任何人，
他们都严厉喝令让路。（2）

（戏班主人下场）

序幕终。

第一幕

（两个卫兵上场）

两个卫兵　让开，让开！诸位贤士，让开！

（身穿出家人服装的负轭氏和身穿阿般提
妇女服装的仙赐上场）

负轭氏　（倾听）怎么这儿也赶人？因为，

住在净修林，身穿树皮衣，满足于林中野果，
他们意志坚定，值得尊敬。现在却惊恐慌张，
是谁这样缺乏修养，被一时幸运搅昏头脑，
粗暴发号施令，将宁静的苦行林混同村庄？（1）

仙赐 贤士啊,谁在赶人?

负轭氏 是那个把自己赶出正道的人。

仙赐 贤士啊,我想说的不是这个意思。我在想,连我
也要让开吗?

负轭氏 夫人,只要不相识,神仙也会被赶走。

仙赐 贤士啊,甚至疲倦也不像屈辱这样令人难受。

负轭氏 面对尘世,夫人有所享受,有所放弃,不必为此
忧虑。因为,

就像你以前那样,事事遂心如意,

随着丈夫获胜,你仍会获得称颂;

世上的种种幸运,随着时间流转,

犹如车轮的辐条,依次向前滚动。(2)

两个卫兵 让开! 诸位贤士,让开!

(内侍上场)

内侍 商跋舍迦,不要赶人,不要赶人! 请注意:

不要让国王遭人唾骂,

不要侵扰净修林居民,

他们摒弃城市的繁华,

隐居林中,思想高尚。(3)

两个卫兵 好吧,贤士!

(两个卫兵下场)

负轭氏 嗨,看来这是个明白人。孩子啊,我们上他那里去。

仙赐 好吧,贤士!

负轭氏 (走近)喂!为什么要赶人?

内侍 噢,苦行者!

负轭氏 (独白)"苦行者"倒是一个圣洁的称呼。可是, 我还不习惯,心里感到不自然。

内侍 您啊,请听!长辈们给我们的大王取名陀尔舍 迦。那位是他的妹妹,名叫莲花。大王的母后住在 净修林。莲花公主探望了母后,就要返回王舍城。 今天,她在这个净修林里过得很愉快。因此,你们

请随意在林中撷取苦行之宝,

圣水、木柴、达薄草和鲜花,

公主不想扰乱苦行者的秩序，

她恪守家族誓愿，热爱正法。(4)

负轭氏 （独白）这么说，那位就是摩揭陀公主，名叫莲
花。布湿波迦和跋德罗等占卜师曾预言她将成为
王上的王后。因此，

或者憎恨，或者尊敬，

完全出自于人的意愿，

我盼望她能成为王后，

所以我对她怀有好感。(5)

仙赐 （独白）一听说她是公主，我也对她产生姐妹之情。

（莲花公主带着仆从和侍女上场）

侍女 来吧，来吧，公主！这里是净修林，进去吧！

（女苦行者上场，坐下）

女苦行者 （起身）欢迎公主！

仙赐 （独白）她就是公主。她的容貌表明她确实出身
　　　高贵。

莲花 女贤，向你致敬！

女苦行者 祝你长寿！请进，孩子，请进！客人到了净
　　　修林，就是到了自己家。

莲花 正是，正是，女贤！我很放心。感谢你满怀敬意
　　　说这番话。

仙赐 （独白）不单她的容貌，她的言语也甜蜜。

女苦行者 贤女啊，还没有哪位国王选中这位吉祥天
　　　子①的妹妹吗？

侍女 有的，优禅尼②国王钵罗迪约多。他已派遣使臣
　　　为他的儿子求婚。

仙赐 （独白）好啊，好啊！这下她成了我的亲戚。

女苦行者 这样的容貌理应享受这样的殊荣。听说双
　　　方都是显赫的王族。

莲花 贤士，你发现牟尼③们有什么请求，喜欢什么，就
　　　给什么。请问问苦行者们，谁想要什么。

---

　　① 此处"吉祥天子"的原词是 bhadramukha，词义为脸庞吉祥者，是
对国王的美称。这里指摩揭陀王。

　　② 优禅尼(ujjayinī)是阿般提国的都城。国王钵罗迪约多又名大
军，仙赐是他的女儿。

　　③ "牟尼"(muni)是对苦行者的尊称。

内侍　听候吩咐！喂，喂！净修林里诸位苦行者，你们
　　　听着，听着！尊贵的摩揭陀公主在这里，你们的信
　　　任换来她的信任。她要布施财物，求取正法。

　　　有谁想要得到钵盂？有谁想要得到衣服？
　　　有谁完成学业，想要付给老师多少酬金？
　　　公主喜欢热爱正法的人，想要赐予恩惠，
　　　今天无论是谁，无论想要什么，请说吧！(6)

负轫氏　（独白）嗨，机会来了。（高声）喂！我有个请求。
莲花　真幸运！我这次拜访苦行林有收获。
女苦行者　这个净修林里的苦行者都心满意足。这个
　　　人大概是新来的。
内侍　啊，我们能为你做什么？
负轫氏　这是我的妹妹，她的丈夫出门在外。我希望公
　　　主照看她一段时间。因为，

　　　我不想要钱财、食物和衣服，
　　　也不想要生活必需的袈裟衣，
　　　这一位稳重的公主遵行正法，
　　　她能保护我的妹妹纯洁无瑕。(7)

仙赐 （独白）唉,贤士负轭氏想要把我留在这里。就这样吧! 他不会不假思索地贸然行事。

内侍 公主啊,这个人的要求太高,我们怎么能同意呢? 因为,

给他人钱财很容易,

生命和苦行也容易,

无论给什么都容易,

而代人保管不容易。(8)

莲花 贤士,我们刚刚公开问过谁想要什么,现在反悔不合适。无论他要求什么,请贤士照办。

内侍 公主说得在理。

侍女 公主说话算数,祝公主长寿!

女苦行者 祝贤女长寿!

内侍 公主,就这样。(走近)喂,公主已经答应照看您的妹妹。

负轭氏 我感谢公主。孩子啊,去公主那儿。

仙赐 （独白）有什么办法? 我背时倒运,只能去。

莲花 好啊,好啊,这位女贤现在成了我的人!

女苦行者 凭她的容貌,我猜想她也是一位公主。

侍女 女贤说得对,我也看出她是享过福的人。

负轭氏 （独白）啊,任务完成了一半。事情正像与大臣们一起商量的那样进展。等王上复位后,我把王后交还给他,尊贵的莲花公主将为我作保。因为,

那些占卜师先预言我们会遭逢灾难,

后来又预言莲花会与国王喜结良缘,

我做这一切完全出自对他们的信任,

因为命运不会超出认真测定的预言。(9)

（学生上场）

学生 （仰视）现在正是中午。我累极了,在哪儿可以休息一下?（绕行）好啊,发现了! 这附近应该是个苦行林,因为,

这些鹿儿悠然自得,毫无惧色,放心游荡,

所有树木受到爱护,枝叶茂盛,花果累累,

棕黄色的牛群数量可观,四周围没有耕田,

无疑这儿是苦行林,烟雾从许多住处升起。(10)

我这就进去。(进入)哎,这个人肯定不是净修林里的。(看另一边)或许那里有苦行者,去那里不会有错。哎,有女人。

女苦行者 您就随便进来吧! 净修林对所有人一视同仁。

仙赐 唉!

莲花 嗬,这位女贤对陌生男子避而不见。是啊,我确实应该好好照看她。

内侍 喂,我们先于你到这里,请接受我们的迎客之礼吧!

学生 (喝水)行了,行了! 我消除了疲劳。

负轭氏 喂,贤士从哪儿来? 去哪儿? 住哪儿?

学生 啊,请听我说! 我从王舍城来,为了追求高深学问。我住在犊子国一个名叫腊婆那迦的村庄。

仙赐 (独白)啊,是腊婆那迦! 一听到腊婆那迦,仿佛又激起我的烦恼。

负轭氏 那么,学业完成了?

学生 还没有呢!

负轭氏 学业没有完成,怎么回来了?

学生 那里发生了一场可怕的灾难。

负轭氏 怎么啦?

学生 那里的国王名叫优填王。

负轭氏 是听说那里有位尊贵的优填王。他怎么啦?

学生　他十分宠爱王后,那位阿般提公主名叫仙赐。

负轭氏　有可能。后来呢? 后来呢?

学生　后来,国王外出打猎,她被村里的大火烧死了。

仙赐　(独白)瞎说,那是瞎说。我还活着,我这苦命的人。

负轭氏　后来呢? 后来呢?

学生　后来,那位名叫负轭氏的宰相想要救她,也倒在了大火中。

负轭氏　真的,倒在大火中? 后来呢? 后来呢?

学生　后来,国王回来,听到这个消息,为失去他俩忧心如焚,想要在这场大火中了却生命。大臣们好不容易才拉住他。

仙赐　(独白)我知道,我知道夫君心疼我。

负轭氏　后来呢? 后来呢?

学生　后来,国王捧着烧剩的、王后身上佩戴的装饰品,昏厥过去。

众人　啊!

仙赐　(独白)这下,贤士负轭氏该满意了!

侍女　公主,这位女贤在哭泣。

莲花　她肯定产生同情心。

负轭氏　正是这样,正是这样,我的妹妹天性慈悲。后来呢? 后来呢?

学生　后来,他渐渐恢复知觉。

莲花　老天保佑,他活着。一听说他昏厥过去,我的心
　　　感到一阵空虚。

负轭氏　后来呢? 后来呢?

学生　后来,国王在地上滚动,浑身沾满尘土,然后突然
　　　起身,反复哭喊道:"仙赐啊! 阿般提公主啊! 亲爱
　　　的人啊! 可爱的学生啊!"总之,

如今甚至那些轮鸟也不这样,

别的失去爱妻的人也不这样,

有这样知心的丈夫,实在幸运,

凭着丈夫这份情,她虽死犹生。(11)

负轭氏　那么,没有一个大臣尽力安慰他?

学生　有一位名叫卢蒙凡的大臣竭尽全力安慰他,因为
　　　他也

不思饮食,不断哭泣,面容憔悴,

像国王一样忍受痛苦,无心梳洗。

不分白天和黑夜,努力侍奉国王,

倘若国王突然丧命,他也会死去。(12)

仙赐　（独白）老天保佑，夫君受到精心照顾。

负轭氏　（独白）哦，卢蒙凡身负重任。因为，

我这里的负担减轻，

他那里的负担加重，

国王本人要依靠他，

所有一切都依靠他。（13）

　　（高声）那么，现在国王恢复正常了吗？

学生　现在的情况，我不知道。国王没完没了唠叨："在这里，我与她一起欢笑；在这里，我与她一起聊天；在这里，我与她一起过夜；在这里，我与她一起生气；在这里，我与她一起睡眠。"大臣们好不容易才把国王从那个村庄带走。国王离开后，那个村庄黯然失色，犹如星星和月亮消失后的夜空。于是，我也离开那里。

女苦行者　他受到陌生人如此赞赏，肯定是位高尚的国王。

侍女　公主，他会不会再娶别的女人？

莲花　（独白）这正是我心中想着的问题。

学生　向你们两位告辞，我要走了。

两人 走吧,祝你一切顺利!

学生 好吧!

（学生下场）

负轭氏 好了,我也向公主告辞。我要走了。

莲花 贤士的妹妹离开贤士会忧虑。

负轭氏 她得到善人照顾,不会忧虑。（望着内侍）我这就走了。

内侍 您走吧,再见!

负轭氏 好吧!

（负轭氏下场）

内侍 现在该到里面去了。

莲花 女贤,向你致敬!

女苦行者 孩子啊,祝愿你得到一位与你相配的丈夫!

仙赐 女贤,我也向你致敬!

女苦行者 也祝愿你与丈夫早日团圆!

仙赐 谢谢你!

内侍 来吧! 这儿,这儿,公主! 因为现在,

鸟儿回窝,牟尼们浸入水中,

火焰点燃,烟雾弥漫苦行林,

远处的太阳下降,收拢光线,

驾车返回,缓缓进入西山顶。(14)

（全体下场）

第一幕终。

第二幕

（侍女上场）

侍女 贡遮利迦，贡遮利迦！莲花公主在哪儿？在哪儿？你说什么？公主在茉莉蔓藤凉亭附近玩球。我这就去找公主。（绕行，眺望）噢，公主在这里玩球，耳坠晃动，脸上累得渗出汗珠，这倦容为她增添妩媚。我这就去见她。

（侍女下场）

插曲终。

（莲花公主带着侍从上场，与仙赐一起玩球）

仙赐　亲爱的,这是你的球。

莲花　女贤啊,行了,就玩到这里吧!

仙赐　亲爱的,你这次玩了这么长时间的球,两手通红,仿佛成了别人的手。

侍女　玩吧,公主玩吧! 尽情享受少女的美好时光吧!

莲花　女贤,怎么啦? 你好像暗暗嘲笑我?

仙赐　没有的事,没有的事。亲爱的,你今天格外妩媚,我今天仿佛看够了你的漂亮的脸。

莲花　去你的! 你别嘲笑我。

仙赐　那我就闭上嘴,大军王的未过门儿媳!

莲花　大军王是谁?

仙赐　他是优禅尼国王,名叫钵罗迪约多。他有庞大的军队,故而得名大军王。

侍女　公主不愿意做这位国王的儿媳。

仙赐　那么,她看中谁?

侍女　犊子国国王,名叫优填王。公主看中他的品德。

仙赐　(独白)她看中我的夫君。(高声)为什么?

侍女　他富有同情心。

仙赐　(独白)我知道,我知道。我也是这么爱上他的。

侍女　公主啊,这位国王会不会其貌不扬?

仙赐　不,不! 他很漂亮。

莲花　女贤,你怎么知道?

仙赐　*(独白)我偏爱夫君,言行失控。现在我该怎么办?
　　　啊,有了。(高声)亲爱的,优禅尼的人都这么说。

莲花　有道理。优禅尼的人不难见到他。确实,爱美之
　　　心,人皆有之。

(奶娘上场)

奶娘　恭喜公主! 公主啊,大王将你许配给人了!

仙赐　女贤啊,公主许配给了谁?

奶娘　犊子国优填王。

仙赐　那么,这位国王身体康复了?

奶娘　他身体健康,来到这里。大王将公主许配给了他。

仙赐　真糟糕!

奶娘　怎么糟糕?

仙赐　没什么。他经过那样的折磨,变成感情淡漠的
　　　人了。

奶娘　女贤啊,大人物的心中装满经典,容易保持镇定。

仙赐　女贤啊,是他主动求婚的?

奶娘　不,不! 他为别的事来到这里。大王看到他出
　　　身、学问、年龄和容貌与公主般配,主动许婚。

仙赐　（独白)是这样！夫君也就无可责备了。

（另一个侍女上场）

侍女　女贤快去,快去！我们的王后说:"今天星宿吉
　　　　祥,婚礼就在今天举行。"

仙赐　（独白)他们越忙碌,我的心越沉重。

奶娘　公主来吧,来吧！

（全体下场）

第二幕终。

第三幕

（仙赐上场，沉思）

仙赐 后宫庭院里婚礼热闹，喜气洋洋。我离开莲花公主，来到御花园，排遣命运带给我的痛苦。（绕行）哎，真糟糕！夫君也成了别人的。让我坐下。（坐下）轮鸟一旦分离，雌轮鸟就不再活下去，倒也幸福。可是，我不能抛弃生命。我这苦命人活着，盼望与夫君重逢。

（侍女捧着鲜花上场）

侍女 阿般提女贤哪儿去了？（绕行，张望）噢，她坐在苾力扬古蔓藤下的石凳上，心事重重，若有所失。

35

她身穿不加装饰而美丽的衣裳,犹如被夜雾笼罩的月牙。让我走近她。(走近)阿般提女贤啊,我找了你很长时间!

仙赐 有什么事吗?

侍女 我们的王后说:"那位女贤出身望族,又温柔又能干,就请她编制这个结婚花环吧!"

仙赐 那么,是给谁编的?

侍女 给我们的公主。

仙赐 (独白)这事也该我做。哦,老天实在残忍!

侍女 女贤!现在不要想别的事了。新郎正在四周地面铺设珠宝的水池里沐浴。请女贤赶快编制花环吧!

仙赐 (独白)我不能想别的事。(高声)亲爱的,你看见新郎了吗?

侍女 是的,我看见了新郎,出于对公主的关心,也出于自己的好奇心。

仙赐 新郎什么样儿?

侍女 女贤啊,我告诉你,我从未见过这样的男子。

仙赐 亲爱的,请说说,什么样儿?

侍女 只能说,他是没带弓箭的爱神。

仙赐 行了,这就够了。

侍女 为什么你不让我说下去?

仙赐　听人赞美别人的丈夫不合适。

侍女　那就请女贤赶快编制花环吧!

仙赐　我这就编,把花给我。

侍女　请女贤拿好。

仙赐　(挑花,观察)这是什么草?

侍女　这叫"防止守寡草"。

仙赐　(独白)这种草,为了我,也为了莲花公主,应该多编一些进去。(高声)这叫什么草?

侍女　这叫"防止情敌草"。

仙赐　这种草不必编进去。

侍女　为什么?

仙赐　他的妻子已经死了,这种草用不着了。

(另一个侍女上场)

侍女　女贤,快点,快点!几位夫人将新郎带进后宫庭院了。

仙赐　哎!我说,请拿去吧!

侍女　真漂亮!女贤,我这就走了。

(两个侍女下场)

仙赐　　她们走了。天啊,我的夫君竟然成了别人的。我
　　　　这就上床睡觉去。如果我能睡着,便能消除痛苦。

（仙赐下场）

第三幕终。

第四幕

（丑角婆森德迦上场）

丑角　（喜滋滋地）嗨！多么幸运，让我遇上尊贵的犊子
王的结婚庆典。嗨！谁会想到，我们被抛入如此不
幸的漩涡中，又会浮上来？现在，我们住在宫殿里，
在后宫水池中沐浴，吃新鲜、甜美、可口的食品。我
仿佛住进北俱卢洲①，只不过沐浴没有仙女陪伴。
可是，有一个大缺点，我吃下去的美食，消化不了，
躺在精美的床褥上，我睡不着。我仿佛感到浑身气
血不畅。唉！消化不良，不能吃早餐，真不舒服！

---

①　按照古代印度神话地理概念，北俱卢洲（uttarakuru）是世界七大
洲之一，那里居住着天神和天女。

（侍女上场）

侍女 贤士婆森德迦哪儿去了？（绕行，眺望）啊！贤士婆森德迦在这儿。（走近）贤士婆森德迦，我找了你很长时间！

丑角 （看见侍女）贤女啊，你找我有什么事？

侍女 我们的王后问新郎沐浴了没有。

丑角 她为何关心这事？贤女啊！

侍女 还会为什么别的事？她要我去送鲜花和油膏。

丑角 他已经沐浴。除了食品之外，全都送去吧！

侍女 为什么拒绝食品？

丑角 我可怜的肚子不安分，像杜鹃的眼珠那样翻滚。

侍女 你活该这样。

丑角 你就去吧！我也要去他那儿。

（两人下场）

插曲终。

（莲花公主带着侍女上场，仙赐穿着
阿般提妇女服装上场）

侍女 公主为何来到御花园？

莲花 亲爱的,我来看舍帕利迦树丛开花了没有。

侍女 公主啊,它们已经开花。这些花朵犹如镶有珊瑚
 的珍珠耳坠。

莲花 亲爱的,果真如此! 你为何磨磨蹭蹭?

侍女 那么,请公主在这石凳上坐一会儿,我这就去采花。

莲花 女贤,我俩为何不坐在这里?

仙赐 好吧!

（两人坐下）

侍女 （采了花）公主你看,你看! 我双手捧满这舍帕利
 迦花,好像捧着半红的砷石。

莲花 （看花）哦,这些花真漂亮。女贤你看,你看!

仙赐 哦,这些花真好看。

侍女 公主,还要采吗?

莲花 亲爱的,不要,不要再采了。

仙赐 亲爱的,你为何不让她采了?

莲花 夫君来到这儿,看见鲜花盛开,会格外敬重我。

仙赐 亲爱的,你喜欢你的夫君吗?

莲花 女贤啊,我不知道。只是夫君一离开我,我就心

神不宁。

仙赐 （独白）我确实陷入困境。她已经把话说到这个份上了。

侍女 公主这话就是说她喜欢夫君。

莲花 但我有个疑问。

仙赐 是什么？是什么？

莲花 夫君待王后仙赐像待我一样吗？

仙赐 还要好。

莲花 你怎么知道？

仙赐 （独白）我偏爱夫君，言行失控。我应该这样说。（高声）如果感情不深，她不会忍心抛弃自己的亲人。

莲花 说的是。

侍女 公主！你好好跟夫君说："我也想学弹琵琶。"

莲花 我已经跟夫君说了。

仙赐 那他怎么说？

莲花 他没有说什么，只是长叹一口气，沉默不语。

仙赐 你猜想这是怎么回事？

莲花 我猜想他回忆起了王后仙赐的品德，只是出于礼貌，不在我面前落泪。

仙赐 （独白）如果真是这样，我真幸运。

（国王和丑角婆森德迦上场）

丑角　嘻嘻！御花园多么可爱,地上堆积着微风吹落的般杜耆婆花。您走这儿！

国王　朋友婆森德迦,我这就过来。

以前我在优禅尼城,见到阿般提国公主,

不由自主产生感情,中了爱神花箭五支,

它们还扎在我心里,不料今天还会中箭,

爱神只有花箭五支,怎会射出这第六支？(1)

丑角　莲花夫人去哪儿了？大概去蔓藤凉亭了。哦,或许她在那张名叫"山中吉祥志"的石凳旁,石凳上面撒满阿娑那花,仿佛铺了虎皮。或许她进入了香味浓郁的七叶树林。或许她去了画满飞禽走兽的木头山。(仰视)嘻嘻！您看啊！在秋天晴朗的天空,这一行仙鹤稳稳飞翔,犹如大力罗摩洁净的臂膀。

国王　朋友,我看见它们,

上升,下降,成行,分散,

43

拐弯时，便好像星座七仙①，

天空洁白如同蜕皮的蛇肚，

这一行仙鹤宛如空中界线。（2）

侍女　公主，看啊，看啊！这行仙鹤稳稳飞翔，像粉色的

莲花花环那样可爱！哦，王上！

莲花　哦，夫君！女贤啊，因为你在场，我也只能回避夫

君。我们到这个茉莉蔓藤凉亭里去。

仙赐　好吧！

（她们进入凉亭）

丑角　莲花夫人来过这里，又走了。

国王　你怎么知道？

丑角　您看这舍帕利迦树丛的鲜花已被采过。

国王　啊，这花真漂亮，婆森德迦！

仙赐　（独白）听到婆森德迦这名字，我仿佛又回到优

禅尼。

国王　婆森德迦，我们就坐在这个石凳上，等候莲花夫人。

_____

①　星座七仙（saptarṣivaṃśa）即大熊星座，是北斗七星所在星座。

丑角　（坐下,又站起)哎哟,秋天的太阳还这么火辣辣,
　　　实在受不了。我们到那个凉亭里去。

国王　对,你带路。

丑角　好吧!

（两人绕行）

莲花　婆森德迦要搅乱这一切,我们现在怎么办?

侍女　公主,我摇动这株黑蜜蜂聚集的蔓藤,不让王上
　　　过来。

莲花　就这么办。

（侍女摇动蔓藤）

丑角　救命,救命! 你快停步,快停步!

国王　怎么啦?

丑角　这些贱种黑蜜蜂蜇我。

国王　你别这样! 不要惊动这些黑蜜蜂。你看!

　　　这些蜜蜂沉醉花蜜,嘤嘤嗡嗡,
　　　与那些狂热的雌蜂紧紧地拥抱,

我们的脚步不小心惊动了它们，

会造成情人分离，和我们一样。（3）

因此，我们就待在这儿。

丑角　好吧！

（两人坐下）

国王　（观看）

这里的花朵被脚踩过，

这个石凳还依然温暖，

肯定是有位女性坐过，

而见到我又突然离去。①

侍女　公主，我们被堵住了。

莲花　幸运啊，夫君坐下了。

仙赐　（独白）幸运啊，夫君身体健康。

侍女　公主！女贤眼中充满泪水。

---

①　梵语戏剧学著作《舞镜》中引用了跋娑的这首诗，迦莱编订本将它补入这里，因此没有序号。

仙赐　这些蜜蜂乱飞,迦舍花粉掉进我的眼睛,让我止不住流泪。

莲花　是这样。

丑角　哦,现在御花园里没有旁人,我要问你一个问题。

国王　请便。

丑角　以前的仙赐夫人,现在的莲花夫人,你更喜欢谁?

国王　你怎么把我推入这样尴尬的境地?

仙赐　(独白)我也命运不佳。

丑角　你就随意说吧,随意说吧!一位已去世,另一位现在也不在身边。

国王　不,不!朋友,我不会说的。你是个多嘴多舌的人。

丑角　啊,我真心发誓,不告诉任何人。我咬住我的舌头。

国王　朋友啊,我不敢说。

莲花　唉!这人真会纠缠,不理解别人的心。

丑角　为什么不告诉我?你不告诉我,就别想从这个石凳上挪开一步,我要把你困在这里。

国王　怎么?强迫我?

丑角　对,强迫你。

国王　那么,我们看看。

丑角　请原谅,请原谅!我以朋友的名义向你发誓赌咒,请你说真话。

国王　有什么办法？请听！

尽管我十分钦佩莲花公主，
钦佩她的容貌、品德和甜蜜，
但她还是不能夺走我的心，
我的心依然系在仙赐身上。(4)

仙赐　（独白）好了，好了！我的痛苦有了回报。哦，真
　　　没想到乔装隐居还有这么多好处。

侍女　公主！王上无情无义。

莲花　亲爱的，不要这样说。夫君至今还记着王后仙赐
　　　的品德，这才是有情义哩！

仙赐　贤女啊，你这话符合你的高贵出身。

国王　我已经说了。现在你说说，以前的仙赐，现在的
　　　莲花，你更喜欢谁？

莲花　现在夫君转过来反问婆森德迦。

丑角　我不该多嘴多舌。我敬重这两位夫人。

国王　傻瓜！你强迫我说了，为什么你现在不说？

丑角　怎么？你也强迫我？

国王　对，强迫你。

丑角　那么，你就是听不到。

国王 请原谅,伟大的婆罗门,请原谅! 你就随你的心
意说吧!

丑角 现在你请听! 我十分敬重仙赐夫人。莲花夫人
年轻漂亮,不发怒,不傲慢,言语甜蜜,礼貌周全。
还有一个大优点,她会端着美味的食品寻找我:"贤
士婆森德迦哪儿去了?"

仙赐 是啊,是啊,婆森德迦! 你应该记住这些。

国王 是啊,是啊,婆森德迦! 我要把这一切告诉仙赐
王后。

丑角 哎呀! 仙赐! 仙赐在哪里? 仙赐早已去世。

国王 (沮丧)是的,仙赐已去世。朋友啊!

你的一句玩笑话,

扰乱了我的思路,

凭着过去老习惯,

这话从嘴边溜出。(5)

莲花 这场迷人的谈话被这个坏家伙搅乱了。

仙赐 (独白)行了,行了! 我得到安慰了。啊,暗中听
到的这些话,多么甜蜜可爱!

丑角 您要振作起来! 命运不可违背,事情已经这样。

国王　朋友,你不理解我的状况。因为,

> 根深蒂固的感情,难以斩断,
> 回忆连绵不断,把痛苦唤醒;
> 人在这世上,从来就是这样,
> 以泪水还债,理智才能平静。(6)

丑角　王上的脸沾满泪水,我这就去打些水来。

（丑角下场）

莲花　女贤,夫君的脸让泪帘挡住了,我们这就溜走吧!
仙赐　好吧!要不,你留在这里。让你的夫君在这里空
　　　　等,不合适。我这就走。
侍女　女贤说得对。公主上前去吧!
莲花　怎么,我上前去?
仙赐　亲爱的,你上前去吧!

（仙赐下场,丑角上场）

丑角　(用荷叶盛着水)这是莲花夫人。

莲花　贤士婆森德迦！这是做什么？

丑角　这个是那个，那个是这个。

莲花　说，说，贤士请说！

丑角　夫人啊，风把迦舍花粉吹进了王上的眼睛，他的
　　　脸上沾满泪水。请夫人把这洗脸水端去吧！

莲花　（独白）哦，机敏的主人有机敏的侍从。（高声）夫
　　　君胜利！这是洗脸水。

国王　哟，莲花！（旁白）婆森德迦，怎么回事？

丑角　（耳语）这样这样。

国王　好的，婆森德迦，好的。（漱洗）莲花请坐！

莲花　遵命，夫君！（坐下）

国王　莲花美女啊！

　　那些迦舍花粉，

　　洁白如同秋月，

　　迎风吹入我眼，

　　使我泪流满面。（7）

（独白）

　　她是个新婚少女，

知道实情会伤心，

她虽然意志坚定，

但妇女天生胆怯。（8）

丑角　按照惯例，尊敬的摩揭陀王今天下午要接见朋友，让你坐在首席。礼尚往来，增进友情。您就起身吧！

国王　（起身）对！好主意！

他美德广大无比，

他始终与人为善，

这样的贤士易得，

他们的知音难得。（9）

（全体下场）

第四幕终。

第五幕

（波德弥尼迦上场）

波德弥尼迦　摩杜迦利迦,摩杜迦利迦！快来！

（摩杜迦利迦上场）

摩杜迦利迦　亲爱的,我在这儿！做什么？

波德弥尼迦　亲爱的,你不知道吗？莲花公主头痛。

摩杜迦利迦　啊,真糟糕！

波德弥尼迦　快去通知阿般提女贤！只要告诉她公主头痛,她就会来的。

摩杜迦利迦　亲爱的,她能做什么？

波德弥尼迦　她能讲一些甜蜜的故事,消除公主的头痛。

摩杜迦利迦　好的。公主的床安在哪儿？

波德弥尼迦　床已经铺在海屋里。你现在就去！我去
　　找贤士婆森德迦，让他通知王上。

摩杜迦利迦　好吧！

（摩杜迦利迦下场）

波德弥尼迦　我去找找。贤士婆森德迦，你在哪儿？

（丑角上场）

丑角　尊贵的犊子王失去王后，内心痛苦。如今，他与
　　莲花公主结婚，心中的爱情之火被激起，在无比欢
　　乐的喜庆活动中燃烧得更加炽烈。（看到波德弥尼
　　迦）哟，这是波德弥尼迦！波德弥尼迦，有什么事？

波德弥尼迦　贤士婆森德迦，你不知道吗？莲花公主
　　头痛。

丑角　女尊者啊，我确实不知道。

波德弥尼迦　那么，你去通知王上。我要赶紧去取止痛
　　药膏。

丑角　莲花的床安在哪儿？

波德弥尼迦　她的床已经铺在海屋里。

丑角　您走吧！我这就去通知王上。

（两人下场,国王上场）

国王

随着时间推移,我重新结婚,

但我怀念可敬的阿般提公主;

犹如娇嫩的莲花遭霜雪摧残,

她那苗条的身体被烈火夺去。(1)

（丑角上场）

丑角　您快去,快去！

国王　什么事？

丑角　莲花夫人头痛。

国王　谁说的？

丑角　波德弥尼迦说的。

国王　啊,真糟糕！

娶了这位品貌双全的妻子，

我的忧伤仿佛已得到缓解，

但前一次的打击隐痛犹在，

我担心莲花也会遭逢不测。（2）

那么，莲花在哪里？

丑角　她的床已经铺在海屋里。

国王　那么，你带路。

丑角　您来吧，来吧！

（两人绕行）

丑角　这是海屋，您请进！

国王　你先进！

丑角　好吧！（进入）救命啊！您停步，停步！

国王　什么事？

丑角　灯光下我看见有条蛇在地上游动。

国王　（进入，观察，微笑）哦，这个傻瓜以为有条蛇。

挂在拱门的花环坠落地上，

展开伸直，傻瓜以为是蛇；

在夜晚微风的轻轻吹拂下，
它是有点儿像一条蛇在游。（3）

丑角　（细看）您说得对，这不是蛇。（进屋，观看）莲花
　　　夫人也许来过这里，又走了。

国王　朋友，她没有来过这里。

丑角　您怎么知道？

国王　怎么知道？你看！

铺好的床褥平平整整，被子不凌乱，
枕头不歪斜，也没有沾上止痛药膏，
也没有转移病人视线的美丽摆设，
而且病人卧床，不会马上起身跑掉。（4）

丑角　那么，你就在这张床上坐一会儿，等候夫人。

国王　好吧！（坐下）朋友，我犯困，你讲个故事吧！

丑角　我讲故事，王上要"哦！哦！"响应。

国王　好吧！

丑角　有一座城市，名叫优禅尼。那里，许多用来沐浴
　　　的水池特别可爱。

国王　怎么是讲优禅尼城？

丑角 如果不喜欢这个故事,我就讲另一个。

国王 朋友,我不是不喜欢这个故事。可是,

我想起阿般提国王的女儿,

出发之时,思念自己亲人,

恋恋不舍,眼眶涌出泪水,

沿着眼角,滴在我的胸前。(5)

还有,

跟我学弹琵琶的时候,

经常目不转睛盯着我,

弦拨已从她手中掉落,

依然凭空在那里划拨。(6)

丑角 好吧!我讲另一个故事,有一座城市,名叫梵授。

那里有个国王,名叫甘比利耶。

国王 你说什么,说什么?

丑角 (重复一遍)

国王 傻瓜!国王名叫梵授,城市名叫甘比利耶。

丑角 怎么,国王是梵授,城市是甘比利耶?

国王　正是这样。

丑角　那么,你等一会儿,让我说顺口。国王梵授,城
　　　市甘比利耶。(重复多遍)现在,您听我讲。哟,王
　　　上睡着了!这会儿天气真冷,我给自己取件披风
　　　再来。

（丑角下场。

仙赐身穿阿般提妇女服装,和侍女一起上场）

侍女　来吧,来吧,女贤!公主头痛得很厉害。

仙赐　啊,真糟糕!莲花的床安在哪儿?

侍女　她的床已经铺在海屋里。

仙赐　那么,你在前面带路。

（两人绕行）

侍女　这是海屋,女贤请进!我要赶紧去取止痛药膏。

（侍女下场）

仙赐　哦,老天待我真残酷!夫君陷入丧妻的忧愁之

中,莲花对他也是个安慰,现在她却病了。我这就
进去。(进入,观看)唉,那些仆人不负责任,扔下生
病的莲花,让她独自一人与灯作伴。莲花睡着了。
我且坐下。倘若坐在别处,会显得我对她缺少感
情,我就坐在她的床上。(坐下)可是,今天我坐在
她身边,我的心仿佛格外喜悦。老天保佑,她的呼
吸平稳舒畅,想必头痛已经好了。她占据床的一
半,表明她想要我将她抱在怀中。我也躺下吧!
(躺下)

国王 (说梦话)啊,仙赐!

仙赐 (赶紧起身)哦,是夫君,不是莲花。他看见我了吗?
要是看见了,贤士负轭氏的伟大誓愿就要落空了。

国王 啊,阿般提公主!

仙赐 老天保佑,夫君在说梦话。这里没有旁人,我就
稍许待一会儿,满足我的眼睛和我的心。

国王 啊,亲爱的!啊,我的学生!你回答我的话!

仙赐 我说,夫君,我说!

国王 你生气了吗?

仙赐 不,不!我是感到痛苦。

国王 要是没有生气,为什么你不打扮?

仙赐 还有比这更好的吗?

国王　你是在想维罗吉迦①吗?

仙赐　(发怒)去你的! 现在还提维罗吉迦!

国王　我为维罗吉迦请你原谅。(伸出双手)

仙赐　我待得太久了,有人会看见我。我这就走。或者,我先把夫君垂在床外的手放回床上,然后再走。(这样做了,离去)

国王　(突然起身)仙赐! 站住,站住! 天哪!

我急匆匆追出去,

慌乱中撞上门扇,

我现在分辨不清,

这究竟是真是幻。(7)

(丑角上场)

丑角　哟,王上醒了。

国王　朋友,告诉你个好消息,仙赐活着!

丑角　哎呀! 仙赐! 仙赐在哪里? 仙赐早已死去。

国王　朋友,不要这样说!

_____

①　维罗吉迦是一位宫娥,曾与优填王私通。

我睡在这张床上，

她唤醒我又离去，

以前说她被烧死，

是卢蒙凡欺骗我。（8）

丑角　天啊！这是不可能的。噢，我说到沐浴的水池，

您想起了夫人，可能在梦中见到了她。

国王　我只是梦见她？

如果这是在做梦，

永不醒来多幸福；

如果仅仅是幻觉，

但愿这幻觉永驻。（9）

丑角　啊，朋友！在这个城里，有个女药叉，名叫阿般提

孙陀利。你见到的可能是她。

国王　不，不！

在睡梦结束之时，

我看见她的脸庞，

没梳头发没描眼，

但举止依然端庄。（10）

还有，朋友，你看，你看！

王后身体颤抖，
紧握我这手臂；
即使梦中接触，
照样汗毛竖起。（11）

丑角 您不要再胡思乱想了。来吧，我们进入后宫庭院。

（内侍上场）

内侍 王上胜利！我们的大王陀尔舍迦告诉你说："你
的大臣卢蒙凡率领大军到达，准备向阿鲁尼①发动
进攻。我的必胜之师——象、马、车和步兵也全副
武装。因此，你就挺身战斗吧！"还有，

你的敌人分裂，你的臣民忠诚，仰慕你品德，

---

① "阿鲁尼"（āruṇi）是侵占犊子国的国王名。

你出发前进的时候，后面安排有护卫部队，

粉碎敌人所需要的一切，都已经准备就绪，

军队渡过了恒河，犊子国就在你的手掌中。(12)

国王 （起身）好吧！现在，

战场上布满大象和战马，

战斗如同大海箭浪汹涌，

暴君阿鲁尼王恶贯满盈，

我立刻出发前去消灭他。(13)

（全体下场）

第五幕终。

第六幕

（内侍上场）

内侍　哦，谁在这里守卫金拱门？

（女门卫上场）

女门卫　贤士，我是维阇耶。怎么了？

内侍　女尊者，优填王收复了犊子国，现在一片欣欣向荣。请通报他："从大军王那里来了一位雷比耶族内侍。还有仙赐的奶娘，名叫婆松达罗，她奉王后鸯伽罗婆提之命前来。他俩在门口等候。"

女门卫　贤士，现在通报，时间和地点不合适。

内侍　为什么时间和地点不合适？

女门卫　贤士请听我说。今天,有人在王上的向阳宫弹琵琶,王上说:"听起来像是'妙音'琵琶之声。"

内侍　后来呢? 后来呢?

女门卫　后来,王上去问那个人从哪里得到这琵琶的。那个人说:"我是在那尔摩达河边芦苇丛中捡到的。如果用得着,就交给王上吧!"王上拿到琵琶后,抱在怀里,昏厥过去。然后,王上苏醒过来,泪流满面,说道:"我又见到了你,'妙音'琵琶啊! 可是,我再也见不到她了。"贤士,正是这样,你们来得不是时候,我怎么能通报?

内侍　女尊者,请通报吧! 我们与这事有关。

女门卫　贤士,我去通报。王上从向阳宫下来了。我这就去通报。

内侍　好吧,女尊者!

(两人下场)

插曲终。

(国王和丑角上场)

国王

音调悦耳的琵琶啊，你曾
睡在王后的膝上和双乳间，
怎么会流落在可怕的荒野，
木柱上沾满了飞鸟的污秽？（1）

而且，你无情无义，妙音琵琶啊！你忘却了可怜的
女主人。

她总是紧紧把你抱在双腿上，
疲倦时，你舒服倚在双乳间，
与我分离，她思恋我而哭泣，
而弹奏时，她和我谈笑风生。（2）

丑角 够了！你不要过于伤心。
国王 朋友，不要这样说！

它是王后心爱之物，
这把琵琶名为妙音，
唤醒我沉睡的爱情，

可是我已见不到她。(3)

婆森德迦,请能工巧匠修复这把琵琶,修好后赶快
送回来。

丑角 遵命!

（丑角拿着琵琶,下场。
女门卫上场）

女门卫 王上胜利!从大军王那里来了一位雷比耶族
内侍。还有仙赐的奶娘,名叫婆松达罗,她奉王后
鸯伽罗婆提之命前来。他俩在门口等候。

国王 那么,去把莲花叫来。

女门卫 遵命,王上!

（女门卫下场）

国王 怎么,大军王这么快就得到了消息?

（莲花和女门卫上场）

女门卫　来吧,来吧,公主!

莲花　夫君胜利!

国王　莲花,知道了吗?从大军王那里来了一位雷比耶族内侍。还有仙赐的奶娘,名叫婆松达罗,她奉王后鸯伽罗婆提之命前来。他俩在门口等候。

莲花　夫君,我很愿意听到亲戚家的好消息。

国王　夫人言谈中把仙赐的亲人视为自己的亲人,十分得体。莲花请坐!为什么不坐下?

莲花　夫君,您难道和我坐在一起接见他们吗?

国王　这有什么不妥?

莲花　夫君已经再婚,仿佛无情无义。

国王　他们本该见到我的妻子,而不让他们见到,这更加不妥。因此,坐下吧!

莲花　遵命,夫君!(坐下)夫君啊,我担心你的岳父母不知会说什么。

国王　莲花啊,正是这样。

　　　我心中忧虑,不知他会说什么。
　　　我偷走他的女儿,却无力保护;
　　　飘忽的命运严重损害我的名誉,
　　　我就像儿子那样害怕父亲发怒。(4)

莲花　时限一到,有什么东西能保住?

女门卫　内侍和奶娘在门口等候。

国王　赶快请进!

女门卫　遵命,王上!

（女门卫下场,又陪着内侍和奶娘上场）

内侍　啊!

来到亲家的王国,我满心喜悦,

想到公主已去世,又黯然神伤,

命运啊,既然你已让王国沦陷,

为什么就不能让王后安然无恙?(5)

女门卫　这是王上,请贤士上前。

内侍　(上前)王上胜利!

奶娘　王上胜利!

国王　(恭敬地)贤士啊!

大地上王朝兴衰,

完全取决于国王,

我渴望与他亲善，

想必他身体安康！（6）

内侍　是的，大军王身体安康。他也问候这里大家好。

国王　（从座位起身）大军王有何吩咐？

内侍　毗提希①的儿子就是这样。还是请你坐着听取
　　　大军王的指示。

国王　我尊奉大军王之命。（坐下）

内侍　恭贺你收复沦陷的王国。因为，

倘若怯懦无能，

哪会产生勇气？

从来国王荣耀，

只为勇者享有。（7）

国王　贤士，这一切归功于大军王的威力。因为，

过去他对待我这个俘虏如同儿子，

我强行夺走公主，却不能保护她，

---

①　"毗提希"（vaidehī）是优填王的母亲名。

听到女儿的噩耗,他依然关心我,

我能收复犊子国,全靠这位国王。(8)

内侍　这是大军王的指示。王后的指示由她传达。

国王　啊,大妈!

十六位王后之最,

圣洁的城市女神,

岳母身体可安康?

她为我出走哀伤。(9)

奶娘　王后身体安康。她问候王上一切都好。

国王　一切都好。大妈,只是这样吗?

奶娘　王上不要过于忧伤。

内侍　王上要振作! 王上如此怜恤大军王的女儿,她虽
　　　　死犹生。因为,

死期一到,谁能保护她?

绳索断裂,谁能保护罐?

尘世和森林,无一例外,

随时成长,又随时破灭。(10)

国王　贤士,不要这样说。

　　大军王的这个女儿,

　　是我的学生和爱妻,

　　即使来世轮回转生,

　　我也不会将她忘却。(11)

奶娘　王后说:"仙赐已经去世,对于我和大军王,你就像高波罗迦和波罗迦①一样。我们从一开始就把你看作我们喜爱的女婿。因此,我们把你带到优禅尼,没有请祭司作证,就借口学弹琵琶,把她交给你。你匆匆忙忙带走她,没有举行结婚仪式。于是,我们在画板上画了你和仙赐的画像,为你俩举行了婚礼。但愿你看到后,感到满意。"

国王　哦,王后的话多么慈祥和善!

　　王后这番话多么宝贵,

　　胜似获得王国一百回;

　　尽管我犯有诸多过失,

---

①　高波罗迦和波罗迦是大军王的两个儿子。

她依然对我施加厚爱。(12)

莲花　夫君,我想看看大姐的画像,向她表示敬意。

奶娘　公主请看!(展示画像)

莲花　(观看,独白)哦,她多么像阿般提女贤!(高声)
　　　夫君,这画得像王后本人吗?

国王　不是像,我认为简直就是她本人。哦,天哪!

如此滋润的美色,

怎么会遭逢灾祸?

这样甜蜜的面容,

怎么会毁于大火?(13)

莲花　让我看看夫君的画像,就能知道王后画得像不像
　　　本人。

奶娘　公主请看!

莲花　(观看)夫君的画像很像本人,据此可知王后的画
　　　像也很像本人。

国王　王后,我发现你一看到画像,既高兴,又困惑,怎
　　　么回事?

莲花　夫君,宫里有位妇女很像这位画中人。

国王　怎么，像仙赐的画像？

莲花　是的。

国王　那么，快把她带来！

莲花　夫君啊，在我未婚时，有个婆罗门说她是自己的妹妹，把她留给我照看，又说她的丈夫出门在外，她不能面见其他男子。因此，就让这位奶娘看看像不像吧！

国王

　　如果是婆罗门的妹妹，

　　显然她是另外一个人，

　　两人面貌相像的情况，

　　在这世界上常能见到。（14）

（女门卫上场）

女门卫　王上胜利！一位优禅尼的婆罗门等在门口，他说他曾把自己的妹妹留给公主照看，现在他要领回。

国王　莲花，是这个婆罗门吗？

莲花　应该是。

国王　赶快按照宫内的礼节，请这位婆罗门进来！

女门卫 遵命,王上!

（女门卫下场）

国王 莲花,你也去把她带来。

莲花 遵命,夫君!

（莲花下场。

负轭氏和女门卫上场）

负轭氏 （独白）啊!

为了国王的利益,我隐藏王后,

我确信这样做,对国王有好处,

事实上我的计划已经获得成功,

但是我仍然担心国王会说什么。（15）

女门卫 这是王上,贤士请上前。

负轭氏 （上前）王上胜利! 胜利!

国王 这声音听来耳熟。婆罗门啊,是您把妹妹留给莲
花照看的吗?

负轭氏 正是。

国王 那么,把他的妹妹带来!

女门卫 遵命,王上!

(女门卫下场,又陪着莲花和
身穿阿般提妇女服装的仙赐上场)

莲花 来吧,来吧,女贤! 我告诉你一个好消息。

仙赐 什么? 什么?

莲花 你的兄长来了。

仙赐 老天保佑,他现在想起我了。

莲花 (上前)夫君,这就是我照看的人。

国王 交还给人家吧,莲花! 交接应该有证人。这里有
尊敬的雷比耶族内侍和这位尊敬的太太可以作证。

莲花 贤士,现在请你带走这位女贤吧!

奶娘 (细看身穿阿般提妇女服装的仙赐)哎哟,是仙赐
公主!

国王 怎么,是大军王的女儿? 王后啊,你和莲花一起
进入后宫吧!

负轭氏 不,不! 不能进去。她确实是我的妹妹。

国王 你说什么? 这是大军王的女儿。

负轭氏　国王啊！

你出身婆罗多族，
纯洁文雅有知识，
恪守正法称楷模，
不能强行夺走她。（16）

国王　好吧，我们看看容貌有多相像。揭开面纱吧！
负轭氏　王上胜利！
仙赐　夫君胜利！
国王　哎！这是负轭氏！这是大军王的女儿！

我又一次见到她，
是真实还是梦幻？
我曾这样见到她，
竟让她蒙混过关。（17）

负轭氏　王上，我带走王后，确实有罪。请王上宽恕！
　（跪下）
国王　（扶起他）你确实是负轭氏！

你能装疯,能战斗,

依据经典运筹帷幄,

完全依靠你的努力,

我们终于摆脱灾厄。(18)

负轭氏 我们只是追随王上的命运。

莲花 哦,她确实是王后。王后啊,我不知底细,把你视
为女友,实在失礼。我叩头请罪。

仙赐 (扶起莲花)起来,起来,夫人啊,起来!你这样下
跪求情,才是罪过。

莲花 我谢恩。

国王 朋友负轭氏,你怎么会想到带走王后?

负轭氏 只是为了拯救憍赏弥①。

国王 那么,你为什么委托莲花照看王后?

负轭氏 布湿波迦和跋德罗等占卜师曾预言她会成为
王上的王后。

国王 这事卢蒙凡知道吗?

负轭氏 王上,所有人都知道。

国王 哦,卢蒙凡这个滑头!

---

① 憍赏弥(kauśāmbī)是犊子国首都。

79

负轭氏 王上,今天就让尊敬的雷比耶族内侍和这位尊
　　敬的太太回去通报王后平安无事吧!

国王 不,不! 我们大家和莲花公主一起去。

负轭氏 遵命,王上!

（终场献诗）

四周环绕着汪洋大海,

雪山文底耶山是耳饰,

但愿王狮统治这大地,

以唯一的华盖为标志。(19)

（全体下场）

《惊梦记》全剧终。

笑剧两种
XIAOJULIANGZHONG

前　言

印度古典梵语戏剧学著作《舞论》(*Nāṭyaśāstra*)产生于公元元年前后不久,作者名为婆罗多(Bharata)。他将梵语戏剧分为十种类型,称为"十色"。胜财(Dhanañjaya)在他的戏剧学著作《十色》(*Daśarūpa*)中解释说:"戏剧模仿各种情况,由于它的可见性,被称作'色'"。

这十种戏剧类型是传说剧、创造剧、神魔剧、掠女剧、争斗剧、纷争剧、感伤剧、笑剧、独白剧和街道剧。其中最重要的两种戏剧类型是传说剧和创造剧。按照《舞论》和《十色》的描述,传说剧(Nāṭaka)由五幕至十幕组成,以著名的传说为情节,以著名的高尚人物为主角,主要描写刹帝利王族的事迹。例如,迦梨陀娑的《沙恭达罗》和《优哩婆湿》、薄婆菩提的《大雄传》和《罗摩后传》、跋吒·那罗延的《结髻记》等属于传说剧。创造剧（Prakaraṇa）也由五幕至十幕组成，诗人运用自己的智慧创造剧中情节，主要描写宫廷之外的人物事迹，如婆罗门、商人和大臣等人物。例如，首陀罗迦的《小泥车》、毗舍伕达多的《指环印》和薄婆菩提的《茉莉和青春》等属于创造剧。

其他八种戏剧类型的早期作品大多已经失传，只留存数量不多的晚期作品。其中，相对而言，独白剧和笑剧多一些。按照《舞论》和《十色》的描述，独白剧（Bhāṇa）是独幕剧，只有一个角色，这个角色通常是食客或无赖，讲述自己或他人的事情，与想象中的人物对话。现存的《独白剧四篇》包含婆罗卢吉的《和好》、首陀罗迦的《莲花礼物》、自在授的《无赖和食客会话记》和夏密罗迦的《踢脚》。例如，《莲花礼物》描写的是优禅尼城的强盗王根天派遣一个食客去试探自己的情人天军的心思。一路上，这个食客遇见酸腐的诗人、蹩脚的教师、说话别扭的语法家、伪君子、放荡的婆罗门青年、嫖妓的比丘、怀春的少女以及其他各种类型的妇女，他对他们一一揶揄和嘲弄。最后，他完成自己的使命，探明天军热恋着根天的心意。这类独白剧大多运用讽刺和谐谑的手法，生动展现诸如游民、无赖、食客和妓女等市井人物的生活风貌。

笑剧（Prahasana）的风格与独白剧类似。笑剧主要表现滑稽味，也可以称为滑稽戏。按照《舞论》的描述，笑剧分为纯粹笑剧和混合笑剧两种。纯粹笑剧多为苦行者和婆罗门之间的可笑争论以及低等人的可笑言辞，充满笑料。混合笑剧中的人物有妓女、侍从、无赖、食客和荡妇等，笑料多为外貌、衣着和动作不文雅等，情节与世俗生活和虚伪行为有关。《十色》中提到纯粹笑剧含有异教徒、婆罗门以及男仆、女仆和食客等角色，通过服装和语言表演，展现可笑之处。《舞论》和《十色》没有提及笑剧的幕数。新护的《舞论注》中提到笑剧是多幕剧或独幕剧。依据现存的笑剧判断，主要是独幕剧和两幕剧。现存最早的笑剧是 7 世纪摩亨德罗·维格罗摩沃尔曼的《尊者妓女》和《醉鬼传》。此外，还有 12 世纪僧伕达罗的《无赖集会》、12—13 世纪筏差罗阇的《可笑的顶珠》和 14 世纪光自在的《无赖相遇》等。

摩亨德罗·维格罗摩沃尔曼（Mahendra Vikramavarman）是南印度波罗婆王朝的国王（600—630 年在位）。这一时期的铭文残片提到有两部"著名的笑剧《尊者妓女》和《醉鬼传》"。现存抄本中，《醉鬼传》的序幕中提及该剧作者是摩亨德罗·维格罗摩沃尔曼,而《尊者妓女》的三个抄本的署名,一个为钵达延那(Bodhāyana),一个为婆罗多,还有一个佚名。因此,现代学者对于《尊者妓女》这部笑剧的作者究竟是谁,存在争议。这里暂且依据有些学者的看法,将它也归在摩亨德罗·维格罗摩沃尔曼名下,因为译出这两部笑剧的主要目的是让国内读者了解印度古典梵语戏剧中的笑剧这一类型。

《尊者妓女》和《醉鬼传》是两部独幕笑剧。《尊者妓女》(Bhagavadajjuka)主角是一个贫困潦倒的婆罗门,名叫香底利耶,为了填饱肚子,原先皈依佛教。他不满佛教限制吃饭时间,即过午不食,后改而去当一个婆罗门教苦行者的徒弟。这个婆罗门苦行者一心修炼瑜伽,追求神通力。他一再嘱咐香底利耶好好跟随他学习,但香底利耶只关心乞食和吃饭,根本不相信他的任何说教,明确表示"我因饥饿而加入你的教派,不是为了追求正法"。一次乞食途中,这师徒二人在花园里遇见了一个妓女。香底利耶迷上了这妓女,而这时阎摩差吏前来取走妓女的灵魂,化身为蛇咬死了妓女。香底利耶哀伤不已。苦行者为了指引香底利耶走上正道,让他相信瑜伽的神通力,于是,通过沉思入定,将自己的灵魂转移到了这个妓女体内。于是,妓女复活,苦行者死去。然而,妓女复活后,她的言行与苦行者如出一辙。众人以为妓女因中了蛇毒而精神错乱。后来,阎摩差吏发现取错了灵魂,于是,他索性开一个玩笑,将妓女的灵魂安放到苦行者的体内。结果,苦行者复活,他的言行与妓女如出一辙。香底利耶惊讶不已,觉得只能称他的师父为"尊者妓女"。最后,阎摩差吏将他俩的灵魂交换回来,让他俩的言行恢复原样。香底利耶询问师父这是怎么回事,师父说等返回住处后告诉他。

这部笑剧讽刺了这师徒两人。徒弟香底利耶毫无信仰,活着只是为了追求尘世享乐。而苦行者师父虽然修炼苦行和瑜伽,追求神通力,但人的生死最终还是掌握在死神手中。

香底利耶这个角色属于古典梵语戏剧中的丑角(Vidūṣaka)。在现存不少梵语戏剧中都配有丑角,如跋娑的《负轭氏的誓言》和《惊梦记》中的婆森德迦。还有,首陀罗迦的《小泥车》,迦梨陀娑的《沙恭达罗》《优哩婆湿》和《摩罗维迦和火友王》,戒日王的《龙喜记》《妙容传》和《璎珞传》等戏剧中都配有丑角。丑角大多出身婆罗门,相貌丑陋,贪吃,有点傻气,在剧中起插科打诨的作用。按照《舞论》中的阐述,丑角提供的笑料有三种:形体、语言和服装。形体的笑料是"牙齿突出、秃头、驼背、跛脚、面孔丑陋",语言的笑料是"唠唠叨叨、言不及义、含混不清",服装的笑料是"身穿褴褛衣或兽皮衣,沾有墨汁、灰烬或颜料"。《舞论》还提到丑角"在分离艳情味中,是国王的心腹侍从,善于交谈"。在这部笑剧中,香底利耶就具有贪吃和言不及义的丑角明显特征。

《醉鬼传》(*Mattavilāsa*)描写一个骷髅教徒和他的女伴先在一家酒铺乞食,乞得酒肉后,喝得酩酊大醉,一路游荡,来到甘志城,又向另一家酒铺乞食。在准备接受施舍时,骷髅教徒发现自己的骷髅托钵不见了。他俩返回原来那家酒铺寻找,但没有找到。于是,他们再次进入甘志城里寻找。与此同时,一个佛教比丘从一个富商居士那里乞食,获得美食后,将托钵藏在衣服里面,准备返回寺院。他俩遇见了这个比丘,便怀疑是他偷走了骷髅托钵。这样,他们之间发生争吵。此时,又来了一个兽主教徒。他是骷髅教徒的情敌,于是他假意调解,暗中帮助比丘。后来,骷髅教徒强夺比丘的托钵,而比丘退让,把自己的托钵交给了骷髅教徒。兽主教徒提出去衙门找判官判决,而就在他们前往衙门途中,遇见了一个疯子。原来那个骷髅托钵里剩有烤肉,因此被一条狗叼走,疯子赶走狗,获得这个骷髅托钵。最后,他们用话哄骗这个疯子,取回了骷髅托钵,骷髅教徒向比丘道歉,两人和解。

这部笑剧主要讽刺骷髅教徒。骷髅教徒尽管修苦行,乞食维生,却放纵感官,喝酒,吃肉,有女伴。在这部笑剧中,骷髅教徒和女伴自始至终处在酒醉状态,丑态百出。同时,这部笑剧也讽刺了佛教内部少数信仰不纯而贪图享受的比丘;但这个比丘终究是受害者,因而也得到作者的一些同情。

翻译这两部笑剧依据的梵语原文是收录在洛克伍德(M. Lockwood)和帕特(A. V. Bhat)的著作 *Metatheater and Sanskrit Drama*(Tambaram Research Associates, Madras,2005)中的编订本。

黄宝生

2020 年 9 月

尊者妓女

剧中人物

苦行者——婆罗门出家人

香底利耶——苦行者的徒弟

妓女

摩杜迦利迦——妓女的丫环

波罗跋利蒂迦——妓女的丫环

母亲——妓女的母亲

罗密罗迦——妓女的情人

阎摩差吏

医生

（献颂诗终，戏班主人上场）

戏班主人

但愿大神楼陀罗①的双脚保护你！

这双脚接触众天神魁首因陀罗

可爱的顶珠②，拇趾制伏罗波那③，

具足妙相，受到一切众生敬拜。（1）

这是我们的家，让我进入。

（进入）

丑角！丑角！

（丑角上场并进入）

丑角　尊者，我在这里！

---

①　"楼陀罗"（rudra）是大神湿婆的称号之一。
②　这句意谓天王因陀罗拜倒在大神湿婆脚下。
③　罗波那（rāvaṇa）是十首魔王，曾经撼动盖拉瑟山，但被大神湿婆制伏。

戏班主人 如果这里没有旁人,我要告诉你一个好消息。

丑角 好吧,尊者!(走出,又走进)这里确实没有旁人。你就告诉我好消息吧!

戏班主人 今天,从城外来了一个婆罗门苦行者,他的预言多次得到证实。他告诉我,从今天算起,到了第七日,我会去王宫演出。如果演出让国王满意,我会得到大笔赏赐。我相信这位婆罗门的预言,因此,我要努力准备这场演出。

丑角 尊者,你准备演出哪一类戏剧?

戏班主人 我已经想好。从传说剧和创造剧中产生了掠女剧、争斗剧、神魔剧、纷争剧、独白剧、街道剧、感伤剧和笑剧,我认为这十种戏剧味中,滑稽味最重要。因此,我准备演出笑剧。

丑角 尊者,我虽然善于插科打诨、逗笑取乐,但不熟悉笑剧。

戏班主人 那么,你就跟我学吧!任何事情都是学会的。

丑角 那就请尊者教我吧!

因为你有头脑,能够学习,

你就正正规规跟着我学吧!(2ab)

（幕后传来话音）

香底利耶！香底利耶！

戏班主人 （倾听）

我是婆罗门苦行者中雄牛、
瑜伽师，你是徒弟跟我学。①（2cd）

（两人下场）

序幕终。

（苦行者上场）

苦行者 香底利耶！香底利耶！（看后面）看不到他，他
就像被黑暗包围的人。因为，

身体是疾病的聚集处，受衰老和死亡控制，
犹如长在河岸边的树永远受感官波浪冲击，

―――――――――

① 这首诗意谓戏班主人扮演苦行者，丑角扮演他的徒弟。

靠积累善业容易获得它①,但人们看到它有
力量、美貌和青春,看不到它有种种弊端。(3)

因此,不是唯独这个可怜人有过错。我要再叫唤
他。香底利耶! 香底利耶!

(香底利耶上场)

香底利耶　嗨,首先,我出生在一个靠捡拾坟场上乌鸦的
残食而生活的家庭,我虽然佩戴圣线②,却目不识
丁,唯独对属于婆罗门种姓感到满意。其次,我们家
穷得没有食物,我饥肠辘辘。为了求取食物,我曾经
皈依佛教,成为出家人。但是,那些家伙一天只进食
一次,我仍然感到饥饿。于是,我抛弃佛教,撕破褴
褛衣,砸碎托钵,只拿着伞盖出来了。第三,我现在
是一头驴,负载一个坏老师的物品。尊者在哪里?
他去了哪里? 啊,我猜想这个坏心眼的尊者想吃早
饭,独自出去乞食了。我想他不会走得很远。(绕

---

① 这句意谓今生行善,来世还能转生为人。
② 佩戴圣线是婆罗门种姓的标志。

行,观察)尊者在这里。尊者啊,请原谅,请原谅!

苦行者　香底利耶,别怕,别怕!

香底利耶　这个生命世界中各种快乐的节日接连不断,

你采取什么方式乞食?

苦行者　听着!

我不傲慢,无贪欲,能忍辱

向穷人乞食,维持自己生命,

在这充满罪恶的世界上游荡,

像勇敢者渡过充满鳄鱼的湖。(4)

香底利耶　啊,尊者!

我没有父亲,没有兄长,

一无所有,靠尊者恩赐,

我因饥饿加入你的教派,

而并非是为了求取正法。(5)

苦行者　你说什么? 香底利耶!

香底利耶　尊者不是说过说假话的人会受束缚吗?

苦行者　是的,谎言掩盖真实,就会成为束缚。

受感官控制的人心中

怀抱愿望,采取行动,

天神会保护他的业果,

就像寄存物受到保护。①(6)

香底利耶　那么,什么时候获得善果?

苦行者　没有贪欲,便获得自在力。

香底利耶　那么,怎样获得?

苦行者　依靠无所执著。

对快乐和痛苦一视同仁,

对朋友和敌人一视同仁,

也不受恐惧和喜悦控制,

智者们称此为无所执著。(7)

香底利耶　怎么会有这样的事?

苦行者　不能认为没有这样的事。

香底利耶　尊者是说能够做到这样?

苦行者　难道你有怀疑?

---

①　这首诗意谓行动受感官控制的人,必定会获得恶果。

香底利耶　这不可能，不可能！

苦行者　你怎么这样？

香底利耶　尊者为何对我生气？

苦行者　因为你不好好学。

香底利耶　无论我学得好不好，尊者你不是已经获得解脱了吗？

苦行者　你别这样说。经典规定可以责罚学生，因此，我要打你，并非是生气，而是你不好好学。

香底利耶　奇妙，奇妙！尊者不生气而要打我。别说这些了！乞食的时间快要结束了。

苦行者　傻瓜！现在还是早上，没有到中午。经典规定的时限是放下木杵、炊火熄灭之时。因此，我们到这花园里休息一下。

香底利耶　哈哈！尊者违背自己的誓言。

苦行者　怎么这样说？

香底利耶　尊者不是说对快乐和痛苦一视同仁吗？

苦行者　是这样。我的灵魂对快乐和痛苦一视同仁，但我的身体想要休息。

香底利耶　尊者，什么是灵魂？什么是身体？

苦行者　听着！

梦中到达天国者是内在灵魂，

正是它按照命运而轮回转生，

身体则是感受快乐和痛苦者，

无论人还是其他生物的身体。（8）

香底利耶　不老不死，不可分割，这是灵魂。能笑能哭，
　　能吃能睡，能走能停，这是身体。

苦行者　你的理解完全正确。

香底利耶　算了吧！你被我抓住了。

苦行者　怎么回事？

香底利耶　难道不是这样吗？除了身体，没有别的什么。

苦行者　这是世俗的说法。因为众生水平不同，我才这
　　样说。

香底利耶　就算这样，那么，你是谁？

苦行者　听着！

地水火风空这五大元素，

组成大地上活动的身体，

具有眼耳鼻舌身，我被

称为有生物中的某个人。（9）

香底利耶　哈哈！像你这样的人都不知道灵魂，还有什么灵魂？啊，尊者，这里是花园。

苦行者　那么，你走前面。我们在僻静的林地休息。

香底利耶　还是请尊者走前面，我跟在后面。

苦行者　为什么？

香底利耶　我的母亲经常逗弄我说，无忧树花蕾里藏有老虎。

苦行者　好吧！（进入花园）

香底利耶　哎呀，我被老虎抓住了！请你从老虎口下救救我！我孤弱无助，要被老虎吃掉了！我的脖子流血了！

苦行者　香底利耶，别害怕！这是一只孔雀。

香底利耶　真的是孔雀吗？

苦行者　还能是什么？真的是孔雀。

香底利耶　真的是孔雀，那我就睁开眼。

苦行者　你想睁开就睁开吧！

香底利耶　嗨，这头卑贱的老虎害怕我，变成孔雀逃跑了。（观看花园）哎哟！占婆迦树、阿周那树、迦昙波树、尼波树、尼遮罗树、底罗迦树、古罗跋迦树、迦尔尼迦罗树、迦尔布罗树、朱多树、蕊力扬古树、沙罗树、多罗树、多摩罗树、崩那迦树、那迦树、波古罗

树、沙罗拉树、沙尔遮树、信度婆罗树、特利纳苏利
耶树、七叶树、迦罗毗罗树、古遮吒树、婆赫尼树、檀
香树、无忧树、摩利迦树、南迪耶婆尔多树、多伽罗
树、佉底罗树和迦陀利树遍布各处,装饰春天。这
个茉莉蔓藤凉亭装饰有嫩叶、幼芽和绽开的花簇。
孔雀和杜鹃发出甜蜜的鸣叫声,迷醉的蜜蜂发出嗡
嗡声。与情人分离的女子忧愁烦恼,与情人会合的
女子快乐欢笑。啊,这个花园多么可爱!

苦行者 傻瓜!人的器官功能一天天在减弱,你还觉得
可爱?

春天来临,叶芽萌发,
秋天来临,莲花绽放,
世上幼儿喜欢新季节,
而季节偷走可爱生命。(10)

香底利耶 若要问我,我的回答是面对可爱的事物,它
就是可爱的事物。
苦行者 无知的人就是这样说话!

想要的东西得不到,

得到的东西又失去，

对于现状永不满意，

这样的人怎能解脱？（11）

香底利耶　没完没了的路①，我们在哪里休息？

苦行者　我们就在这里坐下休息。

香底利耶　这里不干净，不干净！

苦行者　适合祭祀的林地是干净的。

香底利耶　如果你疲倦，想要坐下休息，那么，即使不干
净，你也会说成干净。

苦行者　我是依据经典，不是自己说了算。因为，

一些人狂妄自大，

分不清利害是非，

盲目地自以为是，

不相信至高权威。（12）

香底利耶　像你这样有学问的人不需要权威。

苦行者　不要这样说。

---

①　这句话暗指尊者没完没了地教训他。

你要服从世界上

智者公认的权威，

相信他们依据的

权威确实是权威。(13)

香底利耶　我确实不知道你依据的权威。

苦行者　那么,孩子,你就跟着我学吧!

香底利耶　我不想学习。

苦行者　为什么?

香底利耶　我倒是想知道学习有什么用。

苦行者　甚至那些学习的人也要经过很长时间才知道
学习的用处,因此,你就跟着我学吧!

香底利耶　如果我学习,会有什么好处?

苦行者　听着!学习知识,获得智慧。依靠智慧,控制自
我。控制自我,实施苦行,修炼瑜伽,由此洞察过去、现
在和未来的真谛。这样,就能获得八种神奇的自在力。

香底利耶　尊者啊,你这样说,是想要让我进入不可见
的领域。那么,能进入别人不可见的身体内部吗?

苦行者　你想要得到什么?

香底利耶　我想要吃寺院里为佛教沙门准备的美食。

苦行者　现在不是你想吃的时候。

香底利耶　这正是你剃光头发的原因。我确实看不出你有什么其他目的。

苦行者　不要这样说。

受到灵魂高尚的婆罗门们崇拜，

也得到天神和阿修罗共同认可，

我追求这无所阻碍、不受干扰、

不可思议的永恒大幻瑜伽成果。(14)

香底利耶　尊者啊，像你这样的苦行者都口口声声"瑜伽！瑜伽！"，这瑜伽究竟是什么？

苦行者　听着！

知识根本，苦行精髓，

消除二重，达到不二，

摆脱心中憎恨和贪爱，

人们都将这称为瑜伽。(15)

香底利耶　向尊敬的佛陀致敬！他说，疏忽食物，也就会疏忽一切。

苦行者　香底利耶，你这是什么意思？

香底利耶　尊者难道不知道我最初出家,成为佛教沙门,只因希望获得早上的食物?

苦行者　你怎么这样无知无识?

香底利耶　我有知识,有许多知识。

苦行者　那么,说给我听听!

香底利耶　尊者请听!尊敬的胜者①在三藏中宣说八种原初物质、十六种变化、自我、五气、三性、意、演变和收回。

苦行者　香底利耶啊,这是数论的观点,不是佛教的观点。

香底利耶　这是因为我肚子饿,想吃饭,心不在焉,心里想的和嘴上说的成了两回事。现在,尊者请听!戒偷盗,戒妄语,戒邪淫,戒杀生,戒非时食②,我皈依佛法僧!

苦行者　香底利耶,你应该宣说自己的教规,不应该宣说别人的教规。

抛弃暗性,排除忧性,

立足善性,入定沉思,

---

①　"胜者"(jina)是佛陀的称号。

②　佛教的五戒中,第五戒通常是戒饮酒。非时食也是佛教的戒规,因为香底利耶一心想着吃,所以将这第五戒说成戒非时食。

你就专心致志沉思吧！

这样很快会获得智慧。（16）

香底利耶　请尊者入定沉思瑜伽吧！我要入定沉思食物。

苦行者　别胡扯了！

将整个世界收缩在身体内，

将所有感官控制在灵魂中，

你要观察身体里面的灵魂，

凭借智慧而永远立足善性。（17）

（妓女和两个丫环上场）

妓女　丫头摩杜迦利迦，罗密罗迦在哪里？

摩杜迦利迦　姐儿，阿哥进城去了，说是很快就会回来。

妓女　丫头，他去城里做什么？

摩杜迦利迦　还会做什么？也就是忙着参加聚会。

妓女　怎么现在聚会还没有结束？

摩杜迦利迦　姐儿说得没错。阿哥聚会喝酒，喝醉后甚

至能把害羞的女人逗得发笑。

妓女　你快去叫他回来！

摩杜迦利迦 姐儿,我这就去。

（摩杜迦利迦下场）

妓女 丫头波罗跋利蒂迦,我们坐在哪里?

波罗跋利蒂迦 姐儿,我们在这石板上坐一会儿,这里有开花的芒果树。姐儿,你唱支歌吧!

妓女 好吧,丫头波罗跋利蒂迦!

（她俩坐下,妓女唱歌）

爱神站在花园里,弓弦
发出杜鹃和蜜蜂鸣叫声,
他挽弓发射出芒果花箭,
现在甚至扰乱牟尼的心。(18)

香底利耶 （倾听）嗨,这是杜鹃的鸣叫声。不,不是杜鹃鸣叫声。那是什么?（仔细辨别）那是歌声,甜美似牛奶粥。让我上前看看。（走近观察）啊,这位美丽的少女是谁?她仿佛装饰了这个原本美丽的花园。

波罗跋利蒂迦 姐儿!

香底利耶　啊，她是个妓女！我真是交上好运！

波罗跋利蒂迦　你再唱一支歌吧，姐儿！

妓女　好吧！

爱神在春季里格外骄傲，

与美女的斜睨目光结伴，

他发射绽放的无忧花箭，

甚至射穿瑜伽行者的心。（19）

香底利耶　尊者你听，她的嗓音多么甜蜜！

苦行者　耳朵用于听音，但我不会执著于这种声音。

香底利耶　如果你有钱的话，你现在就可以执著①。

苦行者　你别这样，说话规矩些！

香底利耶　别生气！苦行者生气不合适。

苦行者　我在这里保持沉默。

香底利耶　那么，你现在成了智者。

（阎摩差吏上场）

---

①　这两句中"执著"的用词是 prasaṅga，也可以读作"交欢"。

阎摩差吏 我来到这里。

死神阎摩洞察众生善业和恶业，
取走世上业报已尽的人的生命，
凡是到达时限的人，他吩咐我
前去从他们的身体中取出生命。（20）

因此，

越过起风的天空，笼罩在浓密乌云中，
随处遇见天国的歌手、悉陀和紧那罗，
我俯瞰各地王国、河流、山岳和城市，
仿佛顷刻间来到阎摩指定的这个城市。（21）

她在哪里？（观察）啊，她在这里！

这个妓女隐藏在可爱的
花蕾闪烁金光的无忧树
花簇下，犹如黄昏时分，
一弯新月隐藏在乌云中。（22）

好吧！她还剩有一点儿业报，我就等一会儿再取走
她的生命。

波罗跋利蒂迦　姐儿，这棵无忧树上的花蕾真可爱，我
要摘一些。

妓女　你别摘，别摘！我自己来摘。

阎摩差吏　现在机会来了。我要变成一条蛇，藏在无忧
树茂密的树枝里，取走她的生命。

脸庞黝黑明亮，说话声音甜蜜，

臀部宽阔迷人，檀香液汁湿润，

莲花眼中充满激情，人见人爱，

我马上取出她的生命带给阎摩。(23)

(妓女采摘花蕾)

阎摩差吏　我这就咬她。(咬她)

妓女　啊，什么东西咬我？

波罗跋利蒂迦　姐儿，这无忧树花丛中有条蛇！

妓女　哎呀，是条蛇！(倒下)

香底利耶　小姐，怎么啦？

波罗跋利蒂迦　哎呀，姐儿被蛇咬了！

香底利耶　天啊,尊者,蛇咬了这个年轻的妓女!

苦行者　肯定是她的业报已到尽头,因为,

众生降生在世上,

享受自己的业报,

一旦业报到尽头,

转生为别的身体。(24)

波罗跋利蒂迦　你感到疼痛吗?

妓女　我的身体仿佛在下沉,我的生命气息仿佛在旋转。我想要躺下。

波罗跋利蒂迦　那你就好好躺下,姐儿!

妓女　丫头,你要代我敬拜阿妈。

波罗跋利蒂迦　你肯定能自己去敬拜阿妈的。

妓女　代我拥抱罗密罗迦。(昏迷)

波罗跋利蒂迦　哎呀,姐儿死了!

阎摩差吏　好吧,我已经取走她的生命。现在,

我要越过恒河、文底耶山、

　那尔摩达河、沙希耶山、

戈瓦利河、苏波罗瑜伽河、

黑河、湿婆庙、甘志城，

还有迦吠利河、摩罗耶山、

多罗波尼河，快速似风，

最后越过大海和楞伽岛，

到达法王阎摩的所在地。(25)

那里有枝条茂密的榕树。我把她的生命带到阎摩所在的吉多罗笈多的住地。

(阎摩差吏下场)

波罗跋利蒂迦　哎呀，姐儿啊！

香底利耶　尊者，这个年轻的妓女已经抛弃自己的生命。

苦行者　傻瓜！对于活着的人，生命最可爱。你应该说生命被身体抛弃。

香底利耶　算了吧！你冷酷无情，铁石心肠！你是饭桶，伪苦行者！

苦行者　你想要做什么？

香底利耶　我要为你念诵一百零八个天神名字①。

---

①　这句暗含的意思是净化你的心灵。

苦行者　随你怎样。

香底利耶　尊者啊,我感到悲痛。

苦行者　为什么?

香底利耶　因为她是我们的自己人。

苦行者　怎么她成了自己人?

香底利耶　她也像出家的苦行者那样,心中没有情爱①。

苦行者　即使没有情爱,却有对钱财的贪爱。因为,

有些人已经摆脱执著自我,

依然遵循经典指示的道路;

有些人即使已经摒弃情爱,

但心中依然有其他的欲求。(26)

香底利耶　尊者啊,我控制不住自己了。我要走过去
　　哭泣。

苦行者　不要走过去!

香底利耶　别生气! 苦行者生气不合适。(走近妓女)
　　可爱的姐儿啊! 甜蜜的歌女啊!

苦行者　嗨,你这是做什么?

---

①　这句暗含的意思是妓女接客只是为了赚钱,心中没有情爱。

香底利耶　我同情她。

波罗跋利蒂迦　（独白）善人富有同情心。

香底利耶　我要触摸她。

波罗跋利蒂迦　贤士，你可以这样做。

香底利耶　小姐啊！（触摸她的脚）

波罗跋利蒂迦　你别触摸她的脚[①]！

香底利耶　哎呀，我已经神魂颠倒，分不清头和脚。她这对丰满的乳房宛如多罗树果子，涂抹檀香膏，乳头挺立。唉，她活着时，我却没有福气抚摸！

波罗跋利蒂迦　（独白）就这样吧！（高声）贤士，你照看姐儿一会儿，让我去把她的母亲接来。

香底利耶　快去吧！我会成为没有母亲照顾的人的母亲。

波罗跋利蒂迦　（独白）这个婆罗门富有同情心，他不会丢下姐儿不管。我这就去。

（波罗跋利蒂迦下场）

香底利耶　她走了，我可以痛痛快快哭一场了。姐儿啊！甜蜜的歌女啊！（哭泣）

---

① 触摸脚是对长辈或尊者的敬拜方式。香底利耶作为婆罗门，敬拜妓女显然不合适。

114

苦行者　香底利耶,别这样!

香底利耶　你走吧! 你这冷酷无情的人! 你以为我也
　　会像你这样?

苦行者　来吧,孩子,跟我学习吧!

香底利耶　尊者,怎样医治这个可怜无助的姐儿?

苦行者　你有什么药方吗?

香底利耶　你的邪恶的瑜伽功效!

苦行者　(独白)这个可怜的家伙不辨是非,不知道什么
　　是真正的苦行。大自在天和许多大瑜伽师都曾指
　　出,出于对弟子的同情,有些事做了也无妨。因此,
　　我要让他相信瑜伽具有这样的威力。我要让我的
　　灵魂进入这个妓女的身体。

（苦行者实施瑜伽入定,灵魂进入妓女体内）

妓女　(起身)香底利耶! 香底利耶!

香底利耶　(喜悦)啊,她活了! 她的生命又回来了! 小
　　姐,我在这里!

妓女　别用你的脏手碰我!

香底利耶　她确实干净整洁。

妓女　来吧,孩子,跟我学习!

香底利耶　怎么在她这里也要学习？让我去尊者那里。
（走近尊者）尊者啊！哎呀，尊者死了！雄辩家啊！
瑜伽宝库啊！师父啊！你这样学问渊博的智者居
然也死了！

（波罗跋利蒂迦和妓女的母亲上场）

波罗跋利蒂迦　阿妈，就在这里。

母亲　我的女儿在哪里？在哪里？

波罗跋利蒂迦　姐儿在花园里被蛇咬了。

母亲　哎呀，我这苦命人遭殃了！

波罗跋利蒂迦　放宽心，放宽心，阿妈！你看姐儿还活
着哩！

母亲　确实她还跟原来一样。（走近）女儿春军啊，出了
什么事？

妓女　你这卑贱的老妇人，别碰我！

母亲　呸！这是怎么啦？

波罗跋利蒂迦　蛇毒发作了。

母亲　快去请医生来！

波罗跋利蒂迦　阿妈，我这就去！

（波罗跋利蒂迦下场。

罗密罗迦和摩杜迦利迦上场）

摩杜迦利迦　恭喜你啊,阿哥! 姐儿见不到阿哥,焦灼不安。

罗密罗迦

　　话音甜蜜,眼睛宽长,

　　我想要亲吻她的脸庞,

　　就像蜜蜂吸吮绽放的

　　柔嫩芳香莲花那样。(27)

(走近)怎么她看见我,就扭过脸去? (抓住妓女的
衣角)

　　妙腰女啊,如同波浪转动

　　莲花,你转动你的莲花脸,

　　你半遮半露的脸庞更迷人,

　　犹如我用手掌一点点喝水。(28)

妓女　你这个白痴,放开我的衣角!

罗密罗迦　小姐,你这是怎么啦?

母亲　她被蛇咬了后，净说胡话。

罗密罗迦　正是这样！

　　　可怜她失去知觉，

　　　脑子空虚而糊涂，

　　　就好像她的身体，

　　　已经被鬼魅占据。(29)

（医生和波罗跋利蒂迦上场）

波罗跋利蒂迦　就在这里，先生！

医生　她在哪里？

波罗跋利蒂迦　就是这姐儿。她还活着！

医生　她受到凶猛毒蛇攻击，被咬伤了。

波罗跋利蒂迦　先生怎么知道？

医生　因为她的举止反常。把我的所有工具都拿过来！
　　我要为她解毒。(蹲下，画个圆圈①)蜷曲的蛇啊，
　　弯曲爬行的蛇啊，进入这个圆圈！快进入！停止，

---

　　① "圆圈"的原词是 maṇḍala，音译曼荼罗，这里指用于实施巫术的
圆圈。

停止！伐苏吉①的儿子啊，我要砍碎你的脑袋！我
的斧子在哪里？

妓女　傻瓜医生啊，别瞎折腾了！

医生　是胆汁、气和黏液出了毛病，我要为她治病。

罗密罗迦　请先生尽力治好她，我们不是不知感恩的人。

医生　我去取解除蛇毒的奇妙药丸。

（医生下场。

阎摩差吏再次上场）

阎摩差吏　阎摩斥责我说：

这不是那个春军，

赶快把她送回去，

去把另一个时限

已到的春军带来！（30）

只要她的身体还没有被火葬，我就把她的生命还给
她。（观察）怎么她站在那里？这是怎么回事？

---

①　"伐苏吉"（vāsuki）是蛇王的名字。

119

这妓女的生命还在

我手里,她却站着,

在这世上从来没有

发生过这种奇怪事。(31)

(环视四周)啊,这位苦行者是瑜伽行者,是他在做游戏。现在我该怎么办?那就这样吧!我先把这个妓女的灵魂放进苦行者的身体里。等事情完了,我再调整灵魂的位置。(照说的那样做)

一旦妓女的灵魂

放进婆罗门身体,

他的性格和行为

肯定会发生变化。(32)

(阎摩差吏下场)

苦行者 (起身)波罗跋利蒂迦!波罗跋利蒂迦!

香底利耶 嗨,尊者恢复生命了!啊,看来那些注定要受苦的人不会死去。

苦行者 罗密罗迦在哪里?在哪里?

罗密罗迦 尊者,我在这里。

香底利耶 尊者,这是怎么啦? 你的左手适合拿着水罐,但现在仿佛佩戴贝壳手镯。

苦行者 罗密罗迦,拥抱我!

香底利耶 你就拥抱金苏迦树吧!

苦行者 罗密罗迦,我心醉神迷。

香底利耶 尊者,别这样,别这样! 你确实疯了!

罗密罗迦 他这样说话,确实不符合尊者身份。

苦行者 我要喝酒。

香底利耶 你就喝毒药吧! 看来这笑话闹大了! 他既不是尊者,也不是妓女。那么,就称之为尊者妓女吧!

苦行者 波罗跋利蒂迦,波罗跋利蒂迦! 拥抱我!

波罗跋利蒂迦 去你的!

母亲 女儿春军啊!

苦行者 阿妈,我在这里! 我敬拜阿妈!

母亲 尊者啊,你怎么啦?

苦行者 阿妈,你不认得我了? 罗密罗迦,你今天怎么这样迟迟疑疑?

罗密罗迦 尊者啊,我不是你的仆从。

（医生再次上场）

121

医生　我带来了八种药材调制的药丸，还有药草。我不知道在刹那之间她会活着还是死去。拿水来，拿水来！（走近）

波罗跋利蒂迦　水拿来了。

医生　我要碾碎药丸。她确实不是被蛇咬了，而是蛇精附体。

妓女　傻瓜医生，你白活了这把年纪！你甚至不知道人的生命时限。你说说，是什么蛇伤害我？

医生　这有什么稀奇？

妓女　有医典根据吗？

医生　有很多，有成千种。

妓女　你念念医典，让我听听！

医生　小姐请听！气、胆汁、黏……黏……嗨，拿医书来，拿医书来！

香底利耶　哎哟，这个医生真有学问！连第一行都记不清。就让他成为我的朋友吧！医书在这里，给你。

医生　小姐请听！

气、胆汁和黏液，

三种剧烈的病毒，

这被称为三条蛇，

没有另外第四条。(33)

妓女　这里面有错字。"三条蛇"中的"三"这个字应该使用阳性的 trayaḥ,而不应该使用中性的 trīṇi。

医生　啊,看来你是被一条语法蛇咬了。

妓女　毒性发作分成几个阶段?

医生　一百个阶段。

妓女　不对,不对! 毒性发作分成这样七个阶段:

汗毛竖起,嘴巴发干,

脸色苍白,浑身发抖,

打嗝儿,喘息,昏迷,

这是毒性发作七阶段。(34)

如果超过这七个阶段,那么,连神医双马童①也救治不了。如果你知道有什么办法能救治,请告诉我。

医生　这确实超出我的医术范围。向尊者致敬! 我走了。

———————

① 双马童(aśvin)是天国神医。

（医生下场。

阎摩差吏再次上场）

阎摩差吏

就在同一时刻，许多遭受流产、

得溃疡、发高烧，患耳朵、眼睛、

脾脏、心脏和脑子等疾病的人，

他们的生命正在赶往阎摩住地。（35）

而我现在执行阎摩王的命令。（走近妓女）尊者，你
离开低贱的妓女的身体吧！

妓女　依随你的意愿。

阎摩差吏　我让她的灵魂复归原位。这样，我已经完成
任务。

（阎摩差吏下场）

苦行者　香底利耶！香底利耶！

香底利耶　尊者恢复正常了！

妓女　波罗跋利蒂迦，波罗跋利蒂迦！

波罗跋利蒂迦 姐儿像原来那样说话了!

母亲 女儿春军啊!

罗密罗迦 啊,她现在头脑清晰了! 亲爱的春军,来这里!

(妓女和罗密罗迦,还有她的母亲和

两个丫环一起下场)

香底利耶 尊者,这是怎么回事?

苦行者 说来话长。我们回家后,我再告诉你。(环视

四周)白天已经结束。因为现在,

太阳已经落到天空边缘,

犹如熔炉中的一团金子,

浓密的乌云受阳光照射,

看似天空中燃烧的子宫。(36)

(两人下场)

《尊者妓女》终。

醉鬼传

剧中人物

骷髅教徒——湿婆教中一个非正统教派的教徒

提婆娑玛——骷髅教徒的女伴

比丘——佛教徒

兽主教徒——湿婆教中一个教派的教徒

疯子

笑剧两种

（献颂诗终，戏班主人上场）

戏班主人

> 神圣的湿婆智慧无所阻碍，他的舞蹈依托
> 各种语言、服装和形体动作表现各种感情，
> 产生各种味，三界由此运行，他既是演员，
> 也是观赏者，愿他让你们的声誉传遍大地！（1）

> 唉！我的妻子为了我的小妾跟我怄气。我一直在
> 想办法安抚她。今天，观众要求我们演出。因此，
> 我要亲近她。（向后台观看）夫人，来这里！

（女演员上场）

女演员　（怒气冲冲）夫君！你这把年纪怎么还要演出
　　适合年轻人表演的《醉鬼传》？

戏班主人　正如夫人所说这样。

女演员　你要与她搭档表演。她让你欢快喜悦！

戏班主人　我这次与你搭档表演。

女演员　是她教你这样做的吗？

戏班主人　正是这样。而且，你参加演出，会受到观众最大的欢迎。

女演员　这才是你关心的事！

戏班主人　夫人，怎么好像与你无关？观众赞赏你的表演，会满堂喝彩。

女演员　（喜悦）我会赢得尊贵的观众赞赏？

戏班主人　那还用说？

女演员　如果这样，我怎样回报你？

戏班主人　还需要别的回报吗？你看！

脸颊两边的汗毛竖起，

眉毛飞扬，笑容灿烂，

这样的脸庞难得一见，

还需要什么其他回报？（2）

女演员　夫君现在要演出哪部戏剧？

戏班主人　不就是你刚才说的笑剧《醉鬼传》吗？

女演员　（独白）我确实对他生气，而他一番话，又让我顺从他的心愿。（高声）夫君，那么，是哪个诗人创作了这部著名戏剧？

戏班主人　夫人请听！光辉的辛赫毗湿奴沃尔曼，波罗

婆王朝的高峰,通晓政治谋略,统辖周边所有国家,
勇气和财富堪比因陀罗,而与他的财富相称的慷慨
大度胜过财神俱比罗。这位诗人就是他的儿子,光
辉的国王摩亨德罗·维格罗摩沃尔曼,制伏六敌①,
一心为他人谋利益,品德高尚如同五大元素。还有,

他具足美德:智慧、布施、仁慈、诚实、
威严、坚定、英勇、可爱、文雅和真诚,
他是迦利时代孤苦无助者的唯一庇护所,
也像是劫末后世界之初创造一切的原人。②(3)

还有,

善人们轻松随意地说出的许多妙语,
在他那里成为价值倍增的妙语宝库。(4)

女演员　那么,夫君为何还要耽搁时间?现在就赶快演

---

①　"六敌"(śatruṣaḍvarga)指爱欲、贪欲、愤怒、迷醉、痴迷和妒忌。
②　按印度神话,世界从创造到毁灭,分为四个时代:圆满时代、三分
时代、二分时代和迦利时代。每个时代的正义依次递减。迦利时代是充
满苦难的时代,最终毁灭,然后,大神梵天又开始创造新的世界。"原人"
(ādipuruṣa)指大神梵天。

出这部前所未有的戏剧吧!

戏班主人

我原本以演艺为财宝,
却转向宣说诗人美德,(5ab)

(幕后传来话音)

亲爱的提婆娑玛!

正像以骷髅为财宝的
骷髅教徒①转向了饮酒。(5cd)

(两人下场)

序幕终。

(骷髅教徒和他的女伴提婆娑玛上场)

---

① 骷髅教徒(kapālin)属于湿婆教中非正统的骷髅教派,佩戴骷髅项链,以骷髅(指头盖骨)为乞食的托钵。

骷髅教徒 （醉态）亲爱的提婆娑玛！这确实是真的,修炼苦行后能随意变形。你恪守大誓愿,因此,你在刹那间就变得美貌绝伦。你现在

脸上渗出汗珠,眉毛舞动似蔓藤,

眼睛通红,说话含混,步姿摇晃,

无缘无故微笑,眼角的目光慵倦,

头顶花环歪斜,头发披散在肩上。（6）

提婆娑玛 尊者,你好像说我喝醉了……喝醉了……

骷髅教徒 夫人,你说什么?

提婆娑玛 我没说什么?

骷髅教徒 难道是我喝醉了?

提婆娑玛 尊者,大地在旋转,在旋转! 我好像要倒下了,你快扶住我!

骷髅教徒 好吧,亲爱的!（想要扶她,而自己倒地）亲爱的娑玛提婆,你怎么生气了? 我要扶住你,你怎么跑开了?

提婆娑玛 娑玛提婆真的生气了! 即使你俯伏在她的脚下安抚她,她也跑开了。

骷髅教徒 你不是娑玛提婆吗?（思索）确实不是! 你

是提婆娑玛。

提婆娑玛　尊者,你迷上娑玛提婆,也不该这样称呼我!

骷髅教徒　夫人,我无意之中说错了。是我喝醉了,得罪了你。

提婆娑玛　幸亏你不是那样。

骷髅教徒　喝醉酒怎么会让我变成这样? 好吧,好吧! 从今天开始,我戒酒。

提婆娑玛　尊者,你不要为了我,破坏誓愿和苦行。

骷髅教徒　(喜悦,起身拥抱她)好啊! 向湿婆致敬! 亲爱的,

饮酒、凝视情人脸庞、

随意穿戴奇异的服装,

这是获得解脱的方法,

愿湿婆大神寿命永恒! (7)

提婆娑玛　尊者,你不该这样说。那些阿罗汉①所说的解脱方法跟你不一样。

骷髅教徒　亲爱的,他们是异教徒。因为,

---

① "阿罗汉"(arahat)是佛教徒或耆那教徒的称号。

依据推理,已经确定

结果无疑与原因一致,

那些可怜虫违背推理,

却说快乐是源于痛苦。(8)

提婆娑玛 罪过,罪过!

骷髅教徒 罪过,罪过!甚至不值得批驳这些异教徒。他们尊奉梵行,剃光头发,邋里邋遢,限制吃饭时间,身穿肮脏衣服,如此等等,折磨活人。我这样描述他们,现在想要用酒清洗舌头。

提婆娑玛 那么,我们现在去另一家酒铺。

骷髅教徒 好吧,亲爱的!

(两人绕行)

骷髅教徒 啊,这鼓声和停留在宫殿尖顶上的乌云雷声让人分辨不清,这花铺仿佛是创造春天的原料库,这些美女的腰带铃铛声仿佛宣布手持花箭的爱神获得胜利。这座甘志城确实无比繁荣!还有,

那些大牟尼通晓真谛,

认为人生快乐无穷尽，

这里展示的所有一切，

满足感官，值得享受。(9)

提婆娑玛　尊者，甘志城美酒甜蜜，无法形容。

骷髅教徒　亲爱的，你看，你看！这家酒铺像是辉煌的祭祀场所。这里是旗杆、祭柱、喝酒的祭司、酒杯、酒盅，叉子上有烤肉等美食。喝醉的人们在谈论夜柔吠陀，诵唱娑摩吠陀。这里还有充满渴望的祭火。这家酒铺老板是祭祀者。

提婆娑玛　我们就在这里乞讨，分享祭供楼陀罗的部分祭品。

骷髅教徒　啊，醉汉的舞蹈多么可爱！随着鼓点的节奏表演各种姿势，抖动眉毛，伸出一只手提起下滑的衣裳，踩错节拍时拨正歪斜的项链。

提婆娑玛　真是一位鉴赏家！

骷髅教徒　美酒倒入杯中，献上各种装饰品，安抚生气的情人，青春充满勇气，生命充满魅力！还用多说什么？

人们说三眼大神的眼睛喷火，

将爱神化为灰烬，这不可信；

他被心中灼热的爱欲所熔化，

亲爱的，我们为之心醉神迷。（10）

提婆娑玛　尊者，这完全可能。因为世界之主为世界造

福，不会毁灭世界。

（两人拍打自己脸颊①）

骷髅教徒　女主人，请求你给予施舍！

（幕后话音）

尊者，这是施舍，请拿去吧！

骷髅教徒　我这就拿。亲爱的，我的骷髅托钵在哪里？

提婆娑玛　我没看见。

骷髅教徒　（思索）啊，我想可能是忘在那个酒铺了。那

么，让我们返回去找找！

提婆娑玛　尊者，不接受别人满怀敬意的施舍是罪过。

现在我们怎么办？

① 这是敬拜大神湿婆的一种方式。

骷髅教徒　按照危机时刻的法则，就用牛角杯接受施
　　舍吧！

提婆娑玛　尊者，那就这样吧！

（用牛角杯接受施舍后，
两人绕行寻找骷髅托钵）

骷髅教徒　怎么在这里也没有找到？（绝望）喂，喂！诸位
　　大自在天①啊，你们看到我的骷髅托钵没有？你们说
　　什么？你们说没有看到？哎呀，我完了！我要失去苦
　　行威力了！我现在凭什么还是一个骷髅教徒？天哪！

这个洁白的托钵始终帮助我，

让我们有吃有喝，又能安睡，

它就像是我的一位心腹朋友，

现在离开了我，伤透我的心。（11）

（拍打自己的头）啊，我的标志物②还在！我没有失

---

　　①　"大自在天"（maheśvara）本是大神湿婆的称号，这里用来称呼湿
婆教徒。

　　②　骷髅托钵是头盖骨，这里指他自己的头盖骨还在。

去湿婆教徒的称号。(起身)

提婆娑玛　尊者,有谁会拿走我们的骷髅托钵?

骷髅教徒　亲爱的,我猜想是一条狗或一个佛教比丘,因为托钵里有烤肉。

提婆娑玛　那么,我们就走遍甘志城寻找吧!

骷髅教徒　好吧,亲爱的!

(两人绕行。

一个佛教比丘上场)

比丘　(嗅闻食物香味)啊,达那陀婆这位商主居士是所有人中最慷慨的布施者! 我从他那里获得的这份饭里有鱼有肉,色香味俱全! 我现在要返回王家寺院。(绕行,自言自语)啊,无比仁慈的世尊如来恩赐我们僧众,允许我们住在宽敞的寺院,睡舒适的床,早上吃饭,下午喝甜美的饮料,咀嚼含有五种香味的蒟酱叶,穿细布僧衣。可是,为什么不允许我们接近女人和饮酒? 知一切者①怎么会忽略这一点? 我觉得肯定是那些年迈体衰的长老居心不良,妒忌我们这些

---

① "知一切者"(sarvajña)是佛陀的称号。

青年僧人,删改了三藏中关于女人和酒的规则。如果我从哪里能找到未经删改的原始三藏,那么,我就能在世界上传播完整的佛陀教导,有恩于僧众。

提婆娑玛　尊者,你看,你看！在人来人往的王家大道上,这个穿橘红色衣服的人全身紧缩,目光向两侧扫视,疑神疑鬼,匆匆忙忙走着。

骷髅教徒　亲爱的,正是这样。而且,他好像手里拿着什么,藏在衣服里面。

提婆娑玛　尊者啊,我们应该拦住他,盘问一下。

骷髅教徒　好吧,亲爱的！(走上前去)嗨,比丘,站住！

比丘　好像有谁在叫我？(转身观看)哦,是这个住在埃迦摩罗的邪恶的骷髅教徒在叫我。无论如何,我不能被这个酒鬼盯上。(加快步伐)

骷髅教徒　亲爱的,我找到我的骷髅托钵了。他一看到我就害怕,加快脚步逃跑,证明窃贼就是他。(快步上前,拦住比丘)嗨,坏蛋！你现在要去哪里？

比丘　骷髅教徒兄弟,别这样,别这样！你这是做什么？(独白)嗬,这位女居士长得真漂亮！

骷髅教徒　比丘,拿出来！我要看你藏在衣服里面的手上拿着什么？

比丘　这有什么好看的？只不过是一只托钵。

骷髅教徒　我就是想看！

比丘　兄弟啊，别这样！它需要用衣服盖住。

骷髅教徒　难道佛陀规定穿许多衣服，以便藏东西？

比丘　就是这样！

骷髅教徒　这是俗谛，我要听真谛①！

比丘　别开玩笑了！已经过了乞食时间，我得走了。（动身）

骷髅教徒　嗨，你这坏蛋！你要去哪里？交还我的骷髅托钵！（拽住比丘的衣角）

比丘　向佛陀致敬！

骷髅教徒　你应该说"向佉罗波吒致敬！"，这位大盗教导偷盗术。或许佛陀在这方面比他更胜一筹，因为佛陀

　　就在婆罗门们眼皮下，

　　窃取《摩诃婆罗多》和

　　吠檀多哲学许多观点②，

　　编撰而成大量的典籍。（12）

---

①　佛教将人的认识分为"俗谛"（saṃvṛtasatya）和"真谛"（parārthasatya，或译"第一义谛"），即世俗的真理和至高的或终极的真理。由于"俗谛"（saṃvṛtasatya）一词可以拆读为"掩盖"（saṃvṛta）"真理"（satya），因此，骷髅教徒的意思是说比丘说假话，而他要听真话。

②　《摩诃婆罗多》（mahābhārata）是婆罗门教史诗，吠檀多（vedānta）是婆罗门教重要的哲学派别。

比丘 罪过,罪过!①

骷髅教徒 这位苦行成就圆满者②怎么会容忍这个罪过?

提婆娑玛 尊者,看来你累了。追回这个骷髅托钵并不容易。你先喝些牛角杯里的酒,提提精神,然后再跟他交涉。

骷髅教徒 好吧!

(提婆娑玛递给骷髅教徒酒杯)

骷髅教徒 (喝酒)亲爱的,你也喝一些,解解乏。

提婆娑玛 好吧,尊者!(喝酒)

骷髅教徒 这个家伙冒犯我们。然而,我们的教义强调共享,把剩下的酒送给他喝吧!

提婆娑玛 听从尊者的吩咐!那就请这位尊者喝吧!

比丘 (独白)啊,这样的好运难得一遇。可是,当着众人的面喝酒,实在不合适。(高声)夫人,别这样!这对于我们不合适。(舔舌)

提婆娑玛 你自作自受!你以后哪里还能遇到这样的好机会?

---

① 比丘听了骷髅教徒上面这些诋毁佛陀的话而说"罪过,罪过!"。
② "苦行成就圆满者"指佛陀。

骷髅教徒　亲爱的！你看,他正在流口水,说明他心口
　　不一。

比丘　你毫无同情心！

骷髅教徒　如果我有同情心,那我怎么能摒弃一切感情?

比丘　如果你已经摒弃一切感情,那么,也应该摒弃
　　愤怒。

骷髅教徒　如果交还我的东西,我就会摒弃愤怒。

比丘　你的什么东西?

骷髅教徒　骷髅托钵。

比丘　什么骷髅托钵?

骷髅教徒　你说"什么骷髅托钵"? 看来正是这样,

　　　出于愚痴,甚至也可以
　　　否认大地、大海和高山,
　　　你这个坏家伙怎么会不
　　　否认这小小的骷髅托钵? (13)

提婆娑玛　尊者,单靠劝说,他不会交出骷髅托钵。因
　　此,我们去从他手中夺回骷髅托钵吧!

骷髅教徒　好吧,亲爱的!(上前夺取)

比丘　去你的! 你这邪恶的骷髅教徒!(用手挡,用脚踢)

骷髅教徒　哎呀,我倒下了!

提婆娑玛　该死的,你这坏家伙!(上前想抓比丘的头发,抓空而跌倒)

比丘　(独白)佛陀确实高明,规定剃光头发。(高声)起来,起来,女居士,请起来!(扶起提婆娑玛)

骷髅教徒　诸位大自在天啊,你们看,你们看! 这个坏家伙,号称比丘的龙军,居然握住我爱人的手!

比丘　兄弟啊,别这样! 同情落难者符合我们的教规。

骷髅教徒　这真是佛教教规吗? 那么,我先倒地,你怎么不扶我? 现在,我要让你的头颅成为我的骷髅托钵!(开始争夺)

比丘　苦啊,苦啊!①

骷髅教徒　诸位大自在天啊,你们看,你们看! 这个号称比丘的坏家伙偷走了我乞食的骷髅托钵,还发出这样的呼叫! 那么,我也要发出呼叫:帮帮我啊,帮帮我啊!

(兽主教徒②上场)

---

① 佛教认为人世间一切皆苦。
② 兽主教徒(pāśupata)属于湿婆教中一个派别。

兽主教徒 萨谛耶娑摩,你为何呼叫?

骷髅教徒 啊,波跋鲁迦波!这个坏家伙,号称比丘的
　　　龙军,偷走了我乞食的骷髅托钵,不肯还给我。

兽主教徒 (独白)我该怎么办?那就按照健达缚①的
　　　方式去做。你这个灵魂邪恶者!

　　　这个理发匠的妻子原本是

　　　我的情妇,他展示衣服里

　　　一枚小铜钱,就将她拐走,

　　　像用一把草拐走一头母牛。(14)

　　　因此,我要鼓励这个比丘,代我教训我的情敌。(高
　　　声)龙军啊,真的像他说的那样吗?

比丘 尊者,你怎么也这样说话?戒偷盗,戒妄语,戒邪
　　　淫,戒杀生,戒非时食,我皈依佛法僧!

兽主教徒 萨谛耶娑摩,这是他们的戒规,你还能说什么?

骷髅教徒 不说谎难道不是我们的戒规?

兽主教徒 你们两个都这样说了,我怎么能判断?

比丘 比丘恪守佛陀的教导,有什么理由会偷拿装酒的

---

① 健达缚(gandharva)是半人半神,对凡人友好,但有时也捉弄
凡人。

143

骷髅托钵？

兽主教徒 单靠说明理由，不能解决问题。

骷髅教徒 我有证据，不需要说明理由。

兽主教徒 你有什么证据？

骷髅教徒 尊者，他藏在衣服底下的那只手拿着我的骷
髅托钵！

兽主教徒 你听到了吧？

比丘 这根本不是别人的托钵！

骷髅教徒 那就拿出来看看！

比丘 好吧！（拿出托钵）

骷髅教徒 诸位大自在天啊，你们看，你们看！居然骷
髅教徒处事不当，而这位贤士品行端正！

比丘 戒偷盗，戒妄语，戒邪淫，戒杀生，戒非时食，我皈
依佛法僧！

（两人手舞足蹈）

比丘 呸！他现在应该感到羞愧，却跳起舞来！

骷髅教徒 谁在跳舞？（环视四周）啊，肯定是这些蔓藤
看到我丢失的乞食托钵，感到好奇，在摩罗耶山风
吹拂下，愉快地摇来晃去，而他以为是我跳舞。

比丘 尊者啊,你为何不看一下? 你看看这只托钵的颜色!

骷髅教徒 我能说什么? 我已经看到它。这只托钵的颜色比乌鸦还要黑。

比丘 那么,你已经承认这只托钵是我的。

骷髅教徒 我根本没有承认! 你有改变颜色的本领。请听!

你的这件袈裟衣原本
应该像莲藕一样洁白,
而你运用不可思议的
技巧让它变成橘红色。(15)

或者,

你从上到下全都裹在
这袈裟衣的橘红色中,
我的骷髅托钵接触你,
怎么可能不受到污染?(16)

提婆娑玛 哎呀,我这苦命人要遭殃了! 我们的骷髅托钵具足妙相,就像莲花座上梵天的脑壳,美似一轮圆月,始终散发酒香,现在却遭到这个家伙的肮脏

衣服污染,变成了这样!（哭泣）

骷髅教徒 亲爱的,不必伤心! 我会让它恢复纯洁。听
说伟大人物通过赎罪的方式清除污染。例如:

我们的神主湿婆是通过恪守大誓愿,

消除他砍下梵天第五个头颅的罪孽①,

天王过去杀死工巧天的儿子,通过

举行百次祭祀消除罪孽,重获纯洁②。（17）

波跋鲁迦波,是不是这样?

兽主教徒 你说的这些符合经典。

比丘 即使我改变了它的颜色,那么,形状和大小呢?

骷髅教徒 难道你们不是幻觉③的子孙吗?

比丘 我还要与你争吵多长时间? 算了吧,你就拿走这

---

① 按印度神话,世界诞生时,梵天创造万物,在创造出第一个女人娑
罗私婆蒂(sarasvatī,即语言女神,或称辩才女神)后,为女性美所震惊。娑
罗私婆蒂害羞,往梵天左右和后面躲,梵天的头部随之长出另外三张面
孔,始终盯着她。于是,她跳上天空,而梵天的头顶上又长出第五张面孔。
最后,娑罗私婆蒂只得嫁给梵天,与他繁衍后代。后来,湿婆砍掉了梵天
头顶上的第五张面孔。这样,梵天只保留了四张面孔。

② 工巧天的儿子名叫特利希罗斯(triśiras),修炼严酷的苦行,天王
因陀罗觉得自己的地位受到威胁,便施计杀死了他。

③ "幻觉"的原词是 māyā,词义为幻影、幻觉、幻力或幻术。由于佛
陀的母亲摩耶夫人之名即是 māyā,故而骷髅教徒说比丘是幻觉的子孙,
一语双关。

　　个托钵吧!

骷髅教徒　这倒像是佛陀圆满完成布施波罗蜜①。

比丘　这么一来,我皈依什么啊!

骷髅教徒　当然是皈依佛法僧!

兽主教徒　我没有能力判定这个案子。那就让我们去衙门解决吧!

提婆娑玛　尊者,要是这样,我们就拜别这个托钵吧!

兽主教徒　你这是什么意思?

提婆娑玛　这个家伙生活在财力雄厚的寺院里,他有办法堵住衙门里判官的嘴。而我是贫穷的骷髅教徒的女仆,仅有的财富是蛇皮,哪里来钱进衙门?

兽主教徒　别这样说!

　　那些善人出身高贵,

　　和善、正直、稳重、

　　坚定,像宫殿里的

　　柱子,会秉公执法。(18)

骷髅教徒　不必说这些! 理直气壮,怕什么?

----

　　① 布施波罗蜜(dānapāramitā)是佛陀教导菩萨奉行的六波罗蜜之一。

比丘　尊者,请你带路吧!

兽主教徒　好吧!

(一起绕行。

一个疯子上场)

疯子　这条恶狗! 你叼着里面有烤肉的骷髅托钵逃跑。狗崽子,你跑哪里去? 现在,它扔下骷髅托钵,想要咬我。(环视四周)我要用这块石头砸碎它的狗牙! 为什么你扔下这个骷髅托钵逃跑? 你这条疯狗,恶狗! 为什么气势汹汹,对我发怒? 你骑上村里的猪,随同大海滔天的波浪,去咬碎魔王罗波那,叼住因陀罗的儿子鲸! 蓖麻树,你说什么? 你说:"胡说,胡说!"我亲眼看到蛤蟆的前腿粗似木杵。啊,又何必亲眼看到勇力闻名三界者? 我还是吃这条狗吃剩的烤肉吧!(吃肉,变得更加疯癫)哎呀,我要被杀死了! 我要被眼泪杀死了!(哭泣,观察)坏孩子! 我或许是谁的外甥,就像瓶首是怖军的外甥①。你们听着!

---

　　①　瓶首和怖军是《摩诃婆罗多》里的人物。瓶首是怖军的儿子,而不是外甥。

148

一百个魔鬼手持铁叉,身穿

各种衣服,住在我的肚子里,

从我的嘴里吐出一百头生性

凶猛的老虎,还有许多蟒蛇。(19)

它们折磨我!请饶了我,饶了我!年轻的兄弟们,

不要为了这一小块烤肉折磨我!(观看前面)啊,这

是我们的老师苏罗南迪!我这就走近他。(跑向前)

兽主教徒　嗨,这个疯子正在向我们跑来!

他披挂着破布烂衣,蓬头垢面,

戴着废弃的花环,成群的乌鸦

跟随着他,伺机叼取他的残食,

看似具有人形的一堆活动垃圾。(20)

疯子　我要走近他。(走近)尊者,请接受我从一个善良

的旃陀罗贱民的狗那里得到的这只骷髅托钵!

兽主教徒　(看了一眼)送给值得接受它的人!

疯子　伟大的婆罗门,但愿你喜欢!

比丘　伟大的湿婆教徒值得接受它!

疯子　(走近骷髅教徒,将骷髅托钵放在地上,向他右绕

而行,拜倒在他的脚下)大自在天啊,但愿你喜欢!
我合掌向你致敬!

骷髅教徒 这是我们的骷髅托钵!

提婆娑玛 就是它!

骷髅教徒 神主保佑,我又成为骷髅教徒了!(伸手去取)

疯子 坏蛋,你喝毒药去吧!(夺下骷髅托钵,跑开)

骷髅教徒 (追赶)这个阎摩差吏夺走我的生命! 你们
两位帮帮我!

两人 好吧,我俩帮你!(追赶,堵截疯子)

骷髅教徒 站住,站住!

疯子 你们为什么挡住我?

骷髅教徒 你交出骷髅托钵后再走!

疯子 傻瓜,你没有看到这是金钵吗?

骷髅教徒 谁会制造这种金钵?

疯子 我说它是金钵,因为它是身穿金色衣服的金匠兄
弟制造的。

比丘 你说什么?

疯子 这是金钵。

比丘 他怎么是个疯子?

疯子 我经常听到别人说疯子,你就拿走这个托钵,告
诉我疯子在哪里。

骷髅教徒 （取走骷髅托钵）现在,这个疯子跑到墙后去了,赶快去追他!

疯子 啊,我真高兴!

（疯子快步行走,下场）

比丘 真奇妙! 我为他找到失物而高兴。

骷髅教徒 （抱住骷髅托钵）

我虔诚崇拜神主大自在天,

坚持修炼苦行,从不间断,

而一时高兴,你突然消失,

现在又完好无损回到身边。(21)

提婆娑玛 尊者,看到你像月亮升起的黄昏①,让我大饱眼福!

兽主教徒 恭喜尊者!

骷髅教徒 这完全归功于你。

兽主教徒 （独白）常言说得好:"清白无辜的人无所畏

①　这里以月亮比喻骷髅托钵,以黄昏比喻骷髅教徒褐色的身体。

惧。"这位比丘现在已经从虎口脱险。(高声)我等
待太阳落山时刻来临。从现在起,

但愿你们两个这一场命运

安排的争吵,就好像从前

野人和阿周那之间的争吵①,

成为你俩永远友好的源泉。(22)

(兽主教徒下场)

骷髅教徒 龙军啊,我对你有所得罪,请你宽恕!

比丘 这何足挂齿? 我还需要为你做什么?

骷髅教徒 尊者你已经宽恕我,我还会有其他什么愿望?

比丘 那么,我走了。

骷髅教徒 你走吧,再见!

比丘 再见!

---

① "野人和阿周那"是《摩诃婆罗多》中的故事,故事中般度族五兄弟之一阿周那前往雪山修炼苦行,取悦天神,求取克敌制胜的法宝。一个妖魔化作野猪,企图杀害阿周那,大神湿婆化作野人,前来保护他。他俩同时用箭射死野猪,然后,湿婆为了考验阿周那,故意与他为争夺野猪交战。最后,湿婆赞赏阿周那的勇武,送给他法宝。

（比丘下场）

骷髅教徒　亲爱的提婆娑玛,我们也走吧!

（两人下场）

剧终献诗

愿火神运送祭品,众生繁荣昌盛,
婆罗门念诵颂诗,母牛奶水充足,
月亮和星星正常运行,消除灾厄,
国王勇武,制伏敌人,统治世界!（23）

《醉鬼传》终。

图书在版编目(CIP)数据

惊梦记 /(印)跋娑著;黄宝生译. 笑剧两种 /
(印)维格罗摩沃尔曼著;黄宝生译. —上海:中西书
局,2021

(梵语文学译丛)

ISBN 978-7-5475-1837-3

Ⅰ.①惊… ②笑… Ⅱ.①跋… ②维… ③黄… Ⅲ.
①戏剧文学-剧本-印度-古代 Ⅳ.①I351.33

中国版本图书馆 CIP 数据核字(2021)第 098008 号

JINGMENGJI

惊梦记

[印度] 跋娑　著　黄宝生　译

XIAOJU LIANGZHONG

笑剧两种

[印度] 维格罗摩沃尔曼　著　黄宝生　译

责任编辑	孙本初
装帧设计	黄　骏
责任印制	朱人杰

出版发行 上海世纪出版(集团)有限公司

中西書局(www.zxpress.com.cn)

地　　址	上海市陕西北路 457 号(邮政编码:200040)
印　　刷	上海肖华印务有限公司
开　　本	890×1240 毫米　1/32
印　　张	5.125
字　　数	80 000
版　　次	2021 年 7 月第 1 版　2021 年 7 月第 1 次印刷
书　　号	ISBN 978-7-5475-1837-3/I・216
定　　价	35.00 元

本书如有质量问题,请与承印厂联系。电话:021-66012351